# 大江健三郎
# 江藤 淳
# 全対話

Kenzaburo Oe
Jun Eto

中央公論新社

目次

装幀 中央公論新社デザイン室

## 編集付記

・本書は大江健三郎と江藤淳の対談全四篇を発表年代順に初めて集成したものである。
・単行本初収録の「安保改定　われら若者は何をなすべきか」は初出誌に拠り、他の三篇は小沢書店版『江藤淳全対話』第二巻、第四巻（一九七四年）を底本とした。
・底本中、明らかな誤植と考えられる箇所は訂正し、読者の読みやすさを考え、適宜改行を入れ、表記のゆれは整えた。雑誌名・作品名は「」とし、書名・長篇作品名は『』とした。本文中の〔〕は編集部による注記である。
・本文中、今日の人権意識に照らして不適切な語句や表現が見られるが、著者が故人であること、刊行当時の時代背景と作品の文化的価値を考慮して、底本のままとした。

# 大江健三郎　江藤淳　全対話

# 安保改定　われら若者は何をなすべきか

一九六〇年

## 個人テロと集団テロ

**大江**　岸首相を暗殺しようとした18歳の少年がつかまりましたね。それで、それを非常に高く評価しようとする向きがあるでしょう。しかし、それはまちがっていると思いますね。

**江藤**　ぼくもそう思います。

**大江**　岸のことを怒っている青年はいっぱいいる。東京にでも十万人はいるでしょう。その中の一人が決心して岸首相を殺そうというテロも起りうるはずです。それがなぜ起らないかというと、やはり民主主義に対する信頼が青年の心の中から失われていないからだと思うのです。

**江藤**　ぼくも同感です。これが失われたらおしまいですよ。

**大江**　ところが、大衆運動というものは、ある段階では非民主主義的なテロ行為が必要である場合もあるわけです。個別的、偶発的なテロはいけないけれども、若い人間の運動がある頂点に達したとき、一種の集団的なテロ行為に移ることは、ぼくは非難されるべきではないと思いますね。

**江藤** たとえばどういう……？

**大江** たとえばデモ隊が岸首相をとりこにして、引退するという言質をとったとする。殺して。はいけないけれども……。そういうことは、非常に有力な中核団体によって支持されて、規律正しく行なわれるならば、ぼくはあってもいいと思う。

**江藤** ぼくは反対だ。国会構内乱入ということがあって、さかんに批判された。ぼくもこれは批判したいと思う。もし入るなら、次のプログラムがなければならない。結局何をしたらいいのかわからないのに入るということは愚劣ですね。

## デモは見るものではない

**大江** きのう（26日）銀座を歩いていたら、デモ行進をみんな見ているわけだ。ぼくのそばで見ていた女の子が〝これ、なに〟と聞くと、〝全学連だよ〟と男の子が教えてやってる。こういう銀座を歩いてる無関心派に反省を求める必要があると思うのです。

**江藤**　しかし、人間は日常生活の中で怒りをだんだん忘れてくる。しょっちゅう怒っていると早い話が胃も悪くなるしね。それほどみんな生活が楽じゃない。非常に疲れている。だから一般市民を強制命令の形でデモにかり出したとしても、堂々めぐりで結局実を結ばない。十五年間、進歩陣営はそうやってきたわけでしょう。

**大江**　ぼくはデモ賛成派なんで、デモに参加する機会があるくせに参加しない学生に対しては非常に怒りをもちますね。学生の中で、生活もあまり苦しそうでない連中で、戦後よく育った、体の大きい子供がいるね。その人たちが、銀座を歩いていて、デモをただ見ている。彼らにもデモに入ってもらいたいと思いますね。

**江藤**　スローガンに問題があるよ。ただ鉢巻をしめて、強い言葉をつらねているでしょう。要するにソ連、中共を善とし、アメリカを悪とする価値観で動いている。だからそれ以外の人はデモに参加しないが、現状維持派かというと、彼らは彼らなりの批判をもっている。ウコサベンしている商業新聞の投書欄が反対の投書で埋まるようなことになるわけです。

**大江**　江藤さんのご意見は、リアリスティックだと思う。しかし、この問題に関する限り、ぼくは文学者としてのリアリズム信仰を捨てて、デマゴーグに踊らされる一兵卒になりたいと思うのです。いま若い人で、岸反対の人間がいて、同じ学校で一つのデモが行なわれている――それに参加しないやつがいたら男らしくないと思う。

## "ニコニコ社会党"批判

**大江**　ここでぼくの立場をはっきりしておきましょうか。この戦いを通じて、やはり一つくらいは勝利の希望をかかげておかないと、大衆運動として進めていかれないと思うのです。それは現在の時点に立っていうと、やはり国会解散ということ、そして選挙の場合の選挙管理内閣は社会党、そういう体制で非常に公平な選挙をして、社会党が勝つという線にもっていかなければいけないと思う。岸がいなくなったら解決するというような意見、自民党内部の松村派を認めるというような考え方は、大衆運動を混乱に導くかもしれない。

**江藤**　もちろんぼくは社会党暫定内閣ができるなら、これにこしたことはないから、賛成しますよ。しかし、今さしせまった問題は、とにかく六月十九日に安保批准を自然成立させないことだと思う。そのためには、自民党の中でも一応岸のやったことに反対の意見を表明した連中を味方にだきこんで、はっきり責任をとらせなければいけないと思うのです。

**大江**　ぼくは、安保体制というものをとにかくつぶし、日本をほんとうの独立国の状態に高めていくためには、やはり今の保守党は崩壊するよりほかないと思うわけです。

**江藤**　ところが社会党のやってることは一種の政治的オナニズムだ。国会へ請願者が次ぎ次ぎに来ると、鈴木〔茂三郎〕氏や浅沼〔稲次郎〕氏が、ニコニコ笑いながら握手している。それだけしかできない。あれでは政治家としての責任を果しているとはいえない。自分たちは政府の採決を否として立ち上がったのだから、今度は可とすべきものをみんなに示してくれなければいけない。それがなければ、総選挙に勝てるわけがない。大衆行動の盛上りにたよっているだけじゃ駄目なんだ。みずから収拾のイニシァティブをとらなければいけない。

## 代議士にファンレターを

**大江**　ぼくは、ためらっている若い人たちに言いたい。政治運動に入ると自己放棄を迫られるんじゃないかと思うかも知れないが、それでもいいから一度巻きこまれてもらいたい。まともな人だったら、一瞬自己を忘れても、長い闘争のうちで自己を回復してくるのですよ。

**江藤**　ぼくは具体的な提案として、われわれの一人一人が自分の選挙区の代議士にはがきを出すことをはかりたいな。〝なぜ君はあの採決に加わったのか、今までは自民党に投票してきたけど、今度ばかりは納得がいかないから、考え直しますよ〟というような手紙を一万通も出してごらんなさいよ。ファンレターを気にするのは、スタアよりも代議士の方だ。

**大江**　週刊明星の対談になぜ出るかというと、これは比較的安保に無関心な人も読むだろう。その無関心な人に申し上げたいと思うが、今の時点で安保に無関心な人というのは、やはり将来大成しないと思う。(笑)

**江藤**　大江さんはずいぶん教育家になっちゃった。大江易断だね。(笑)

(『週刊明星』一九六〇年六月十二日号)

# 現代の文学者と社会

一九六五年

## 文学者の社会的責任

**江藤**　私がきょう大江さんに伺ってみたいと思っていることは、大江さんがいろんな政治運動に関係されたり離れられたりしているのは、どういうことなのかということではなくて、もっと身近な問題なんです。二、三日前に「文芸」(一九六五年二月号)が届いた。それによると、大江さんは昨年お書きになった『個人的な体験』(一九六四年八月)という小説について、私家版的なものをおつくりになったということですね。一般に公開されてわれわれが読んだ版の結末と、字数はほとんど同じだけれど、ちがう結末があるという。つまり、公開された結末と、公開されないで大江さんがこういうものもあり得ると思って書いてみた結末と二つあるわけですね。その二つの間には相当の幅がある。片方は子供が生きているわけですが、一方は子供が死んでしまう。私家版では医者が鳥(バード)に子供はもう死んでしまったという報告をすることになっているらしい。

そこで私が考えることは、作家にとって表現というのはいったい何なのかということです。公開された版については、大江さんは社会的な影響ということをはっきり意識しておられるのだろうと思う。つまりあなたの文学的表現が社会的にどういう反響を呼び、どういう受けとられ方をするか、あるいは文学者の対社会的責任なら責任とはどんなものか、ということを考えてあの公開版ができたのではないかと思う。しかし、それにもかかわらず大江さんの中にそうではないというものが澱んでいる。そのために私家版をつくる心境になったのではないかという印象を受けるのです。

さらにもう一つ疑問がある。「文芸」の文章〔「もう一つの『個人的な体験』」〕にいわゆる私家版は、ほんとうにあなたの私家版なのか、それは、第二の私家版で、第一の私家版は実は書かれてないのじゃないか。そうすると大江さんのうちには、表現ということに対する態度が三つあることになる。まだ「文芸」の文章にも書かれない奥底のものと、「文芸」の文章にいわゆる「私家版」の次元にあるものと、それから実際に社会的に機能している公開版の次元にあるものと、この三つがあることになる。そうすると作者はいったいどこで社会とつきあっていることになるのか。そこのところがどうなっているのか説明していただけたらと思ってぼくはきょう出てきた。

**大江** 『個人的な体験』に対する三島由紀夫氏の批評〔「週刊読書人」一九六四年九月十四日号〕も江藤淳さんの批評もぼくは不満足ですが、最も不満足な点がそこにかかわっているのです。『個人的な体験』でぼくが書いたのは、結局一人の青年に異常な赤ん坊が生まれる、それにどう対処しようか、逃げ出そうか、それとも逃げ出すことをしないで正面から引き受けようかということを考える。あれは論文じゃなくて小説ですから、いろいろな点で具体的に青年が右に揺れたり左に揺れたりするその過程が最も必要なわけで、青年がついに赤ん坊を引き受けて育ててゆこうという態度をきめた瞬間に実は小説は終わっているとぼくは考える。したがって、それ以後の部分は小説のストーリーあるいはコンストラクション上の締めくくりにすぎないと見なすわけです。

ところで江藤さんや三島さんたちの評価だと、赤ん坊が助かったことに読者としての受けとり方の重点が置かれている、しかもそれに社会正義的な意味を、あたかも作者が付与しているかのように、見なして、そこに力点を置いて批判していられるのに、ぼくは不満足なわけです。最後で赤ん坊が助かるか助からないか、脳ヘルニヤであるか別の肉腫かということは小説の最も重要な鍵でなくて、異常な赤ん坊が生まれた状態にどう対処するかという青年の心の動揺の全体が今度の小説でいちばん重要だということを見おとされているのが不満足です。

**江藤**　そうすると、結末はそんなに重要なわけじゃないということになる。

**大江**　主題の展開と終結の上ではまったく重要でない。三島由紀夫氏の批評にあった言葉を用いれば、小説というものは有機体ですから、いちばん最後が欠けていてシッポを怪我した魚みたいになるのもいけないけれども、それは単にシッポにすぎない。そこで公刊した、赤ん坊が助かる版と、試みにつくってみた、赤ん坊が死んでしまう私家版と、あるいは第三の版と、それらがテーマのあつかいの上で別のものかというと、そうでなくてみな同一です。だから赤ん坊が生きのびる、死ぬという結末で、直接に読者をほっとさせるか、厭な気分にさせるかというようなことよりも、本質的に、あの小説は青年の態度決定の意味において社会にかかわっている。すなわち主題を確認していただければ、いちばん最後がどうなろうと、あの小説の主題そのものは決して社会に対してちがった存在となるものではないということを理解いただけると思うんです。

**江藤**　ぼくは三島さんの批評は実はいまだに拝見していないのです。あの最後の三ページと四分の一の部分は、木に竹を継いだようだともいえるけれども、ある意味ではあの小説の書きだしの部分の調子と照応しているともいえますね。ある見方をすればああいうふうになってもちっともおかしくないかもしれない。

**大江**　そうですね、第一章にあの小説の展開のすべての原型があるわけですから。

**江藤**　だけど、小説などというものはそれほど完全に作者にコントロールされて動いているものでもないので、書いて行くうちに調子が深くなって行くところがある。やっぱり火見子という女と鳥（バード）という男が奇妙な共同生活をはじめるころになると、最初の軽薄な調子からある沈痛な調子に移調されている。私は小説の論理からしてこの移調された主題の解決が結末ではぐらかされたことになるというのです。

**大江**　ぼくは、あの小説で赤ん坊が死なないからといって、それが民主主義的な処置であるとか、ぼくのデモクラシー精神の発露であるとか見なしたり、逆に性的な混沌としたものが出てくると、それは作者の意図とちがったもの、作者の民主主義的良心とちがったものだとか見なすのは、軽薄な見方、それこそ政治主義的な見方で、そういう態度はすでに江藤さんたちは克服されているべきものじゃないかと思う。

**江藤**　それなら、なぜ大江さんが最後の三ページと四分の一のところで私家版を書こうという心境になるのかよくわからない。

## 作家の批評家への答え方

**大江**　小説家にはまったく凡庸な批評でないかぎり、好評、悪評をとわず、批評に答える必要があります。一般に小説家というものは自分の小説を一面的にしか理解できないから、それが必要です。ぼくにしても、出版したあとで、それが最も根本的なテーマにかかわる部分、すなわち今度の場合だと、青年が逃げ出すか逃げ出さないかという点で青年が逃げ出してしまうというふうに書きかえてみようかとは考えないけれど、しかし小説全体の末尾にいくらかの修正を施せば、たとえば江藤さんや三島さんたちの批評に答えるものになるかどうかということは一応確かめてみる必要がある。それが小説家の批評に答える唯一の道だと思う。しかし、そして、それをやってみた上で、今度はあらためて、やはりぼく自身のパブリック版は正しかったと主張しているわけです、その点でぼくは間違っていないと思う。

**江藤**　作家というのはそういうふうなかたちで批評家に答えるものなんですか。

**大江**　少なくともぼくは答えます。一般には、ひとつの小説についての批評を読んで、次の小説を書くときにもういっぺん考え直すことになります。いま現に新しい小説を書きながらぼくは、江藤さんや三島さんの批評を考えているけれども、今度の小説みたいにいちばん最後のところの微妙なニュアンスを変えられる作品だと、そのひとつのタイプにまったく否定的な見解が出てくるとぼくは作者として非常に不安で、一度別の形のものを書いてみようという気持に駆り立てられますね。それは一般的な小説家の気質と別かもしれないけれども……。ぼくの場合はそうです。

**江藤**　それは大江さんが頭がよすぎるからでしょう。

**大江**　いや、批評家に対して誠実だからじゃないですか。

**江藤**　批評家に対してそういうかたちで「誠実」になる必要がありますか。

**大江**　ぼくは編集者と批評家をいちばん有能な読者、ふたつながら同じタイプの選ばれた読者というように考える。だからぼくは彼らに極力誠実であろうとしますけどもね。

**江藤**　それがぼくの不満の原因なんですよ。

**大江**　それは江藤さんがそういうタイプとちがう批評家になろうとしているんだと主張することですか。

**江藤**　いや、そんなことは考えていない。それはどうでもいいことだけれど、批評家や編集者の眼に映じている、あなたの自己表現の像がたまたま自分の好む自己表現の像と喰い違ったからといって、それを直ちに修正しなければならぬものですか。

**大江**　逆の側からいえば、ある批評家が自分をとらえている批評は自分には気に入らないから、その批評家に対して腹を立てるとかなんとかいうようなことは一般にありますけれども、ある批評家の自分へのイメージが自分の好むものだからそれに準じようということはないでしょう。

**江藤**　自分がこう理解されたいと思っていることといったらいいでしょう。

**大江**　自分がこう理解されたいという表現意図、表現目的がある。それを盛りこんだ小説が批評家から理解されなくて、いろいろな反論があらわれる。その場合にそういう反論を弁証法的に克服するというか、一度その反論の側に立って自分の小説を考えてみようとする自由は作家にあるでしょう。

**江藤**　もちろんあります。

**大江**　その自由を行使することがぼくは必要だと思う。そうでなければ小説家の自己認識はおかしな歪みを示すことになる。たとえば、あの写真屋は自分をいつも美男子にとってくれるからといってその写真屋を贔屓にする、そういう感じで批評家を好きになったり嫌いになったりするというのが日本の文壇のいままでのあり方だったわけですけれども、それではしようがないだろうと思う。逆に批評家というものをはじめから受けつけない、まったく信じない態度がいいかというと、そうでなくて、第三の道がある。それは自分自身も結局読者としては一人の批評家なんだし、自分自身が書き終わってそれを批評的に再読する場合に、もっとも対立的だった批評家の意見をとりいれてもういっぺん考えてみようとする態度は必要だと思う。ましてぼくみたいに現実社会で生活することもなしに小説家になり、自分だけの書斎で小説の世界を組み立ててきたような隠者タイプの作家にとってみれば、それ以外に社会あるいは読者との具体的な触れ合いというものはない。だから批評家の意見がぼくには非常に重要なわけで、逆に石原慎太郎さんが批評家の意見を重要と見なさないのは、あの人に社会生活があるからだろうと思いますね。

**江藤** そこは話がちょっと飛躍しているのじゃないですか。作家に否定的な意見をとり入れて、自作を再考する自由があるということは当たり前のことでしょう。石原さんだって、強そうなことをいっているけれど、独りでいるときにはそうしているにちがいないし、ほかの誰だってそうするだろうと思う。だけど、批評家の立場に立ってもう一回結末を書きかえてみなければならないほど、そしてそうしたということをまたあらためて世間に発表しなければならないほど、自己表現というものは幾つもあり得るのですか、一つの根本的な問題について。批評家が自分に対して正当な理解を示そうが示すまいが、これはおれにとってどうしようもないんだというものが作家にはあるはずだと思う。誤解されてもしようがないものだ、誤解されたらされっ放しでもいい、わかるやつが出なければそれもやむを得ない。

作家が表現しようとするときには常にそういうものがついてまわると思う。表現というものはそういうかたちでしか行われないと思う。いかに大江さんの才能をもってしても、十あることを全部ぴしっと表現できるものじゃない。ことばというものには曰く言いがたいものが必ず残る。それを自分の中に押えながらどれだけ表現しおおせるかということ、文章を書く者はみなそういう難問に突き当たる。小説家もまったく同じだと思う。小説家がこういうことを言いたいと覚悟して言いはじめたことが、いったい他人の三人や五人が何かいったからといって、こういうのもできる、ああいうのもあり得るというふうに変えられるものですか。そんなことはぼくは信じない。

**大江**　その点はぼくのあの文章を丁寧に読んでもらえばわかるけれど、ぼくは第二の道もあり得るかということを試みてみて、やはり現在の発行した版の形が正しいということを確認したと書いたわけです。具体的に、小説家が実作の面から答えようとして試みた結果、江藤さんや三島さんたちの批評よりもぼく自身が選んだ表現のほうが正しかったとぼくはあの文章で主張しているわけです。もしぼくが江藤さんたちの批評にしたがってすっかり書きかえてしまって、そのほうが現在出版しているものより正しいと見なしているとすれば、自己表現に幾つかのタイプがあり得るのかという江藤さんの疑問も当然でしょうけれども、ぼくは検討した上で、ぼくの出版したものが正しかったと確認しているのですから、江藤さんの疑問は正当でないと思います。

**江藤**　大江さんが独りでだまってそれを書きかえているのならまだいいんです。人間だから迷うのは当たり前だし、だまって書きかえたっていいけれど、そうしたということを「文芸」の冒頭に書いてほしくなかった。

**大江**　そうですか、それはどういうことで？

**江藤**　それは審美的な趣味の問題かもしれないけれど、とにかくあまり男らしくないと思う。男らしくないというと倫理的な響きが強すぎるかもしれないから、言い方をかえれば、批評家というものをもう少し信用してほしいと思う。つまり批評家には大江さんが私家版を書いたかもしれないというようなことはわかっているのです。わざわざそんなことをいう必要はない。それは批評家というものがまるっきりのでくの坊でなくて、何かお互いの間に関心を持っている人間だという信頼からくることで、それを信じなかったら批評も書けない。

**大江**　ぼくは信じないね。むしろ江藤さんの批評でも三島さんの批評でも、具体的にぼくにこの小説は誤っているものだと納得させるものではない。そうでないから、具体的に三島さんや、江藤さんの批判を小説化してみればそれはこういう形のものなのかということを小説の形でつくってみるよりほかかない。

**江藤**　あの小説をたまたま一所懸命に読んだ人間に対してああいうことをいうのは失礼だという気がする。それは結局自分に対しても失礼だということになるじゃありませんか。もう一つ誤解のないように言っておけば、あの小説が「誤り」だと私はいっているのではない。私が書評に書いたのは、第一に、大江さんが上手になったということ、第二に、火見子との共同生活のくだりに胸を打つものがあるということ、第三に、しかし結末が納得がいかないということ、第四に、大江さんは一種の自己閉鎖の中に閉じこもっていて、その中で技法を磨いているということ、それに対して不満があるということです。誤りとか正しいとかいうことはいえるはずのものではないでしょう。

**大江**　評論家にはいえないけれど、現にその小説をあれこれつくりあげてきた小説家にはそれがいえるのですね。そこはちょっとわかってもらいたいと思う。たとえばスコット・フィッツジェラルドの『楽園のこちら側』という本は、誰だったかアメリカ版を編集した人が小説の章の順序を変えて出した版がありますね。

**江藤**　マックスウェル・パーキンスかな？

**大江**　ところでぼくらが現在手に入れることのできる版は三つに分けられるわけで、最初出版したもの、それを順序を入れかえたもの、現在イギリスで出ているまた元に戻したものと三種ある。この第二の版は、第一の版への批評だけれども、小説家としての反撃が第三の版ということになるでしょう。評論家はこの作品が間違っているというい方はできないけれど、小説家の場合には、一つの小説を書いて、二十章あるうちであとの二章についてもう一つ書き方があるかもしれないと考えたときには、それを書きかえてみて、どちらが正しいか、どちらが間違っているかということを判断するよりほかない。それが小説家の制作方法です。

## 実存的モラルと通俗的モラル

**江藤**　小説家の制作方法はそれでいいのです。そんなことに文句をつけているのではない。ただ『個人的な体験』という特別な作品をとってみると、誤っているかいないかというい方が、あなたのいわれる技術的な問題とちがう問題をよび起こすのですね。つまり倫理的な意味がこもるのです。

**大江**　ところが、あの小説の場合に終末についての倫理的な判断は不必要なんですね。

**江藤**　どうしてですか。

**大江**　異常な赤ん坊が生まれてきた。一人の青年がそれを正面から引き受けるか引き受けないか。

**江藤**　それは倫理的な問題じゃないですか。

**大江**　正面から引き受けるか、引き受けないで逃げ出すか、その主題を実存主義的な倫理としてとらえれば倫理だといえるけれども、赤ん坊が助かるか助からないかという通俗的な倫理、通俗モラルの問題は小説の主題でないわけです。この小説においてぼくに必要なのは実存的な倫理、現実を正面から引き受けるか引き受けないかという倫理で、ぼくは正統性という言葉を用い、江藤さんにばかばかしいといわれたけれど、それがぼくはばかばかしくないと思っている。あとの問題はぼくにとってはどうでもいいわけです。

**江藤**　それはどうちがうのですか。

**大江**　そこを聞いていただきたいと思っていた。実存主義的なモラルの上で正統的であるということは赤ん坊を殺さないで正面からそれを引き受けようという態度です。通俗的モラルの場合にしたがえば態度は二つあって、赤ん坊を殺してしまうことは嬰児殺しだからモラル上いけないという判断と、そういう不具みたいな赤ん坊を育ててゆくことこそ悪じゃないかという第二の通俗的モラルの判断がある。そういう判断はぼくにとって問題じゃないわけです。

**江藤**　殺すことによって引き受けるという倫理だってあるでしょう。

**大江**　それは通俗的モラルでなくて実存的モラルのほうの考え方で、悪人の正統性というものを求め、罪を正面から引き受ける態度です。あの小説の場合には、実存的に正統であろうとすれば、罪の側を引き受けるか、それとも殺さないほうを引き受けるか、二つの引き受け方があって、ぼくは殺さないで引き受けるという態度をとったわけです。罪のほうを引き受けるとなると小説は、赤ん坊を殺して彼自身が絞首刑かなんかになれば、罪を引き受けることになるとは思いますね。しかし赤ん坊を殺してアフリカに逃げて行くということでは罪の側の正統性がみたされたことにならない。江藤さんにしても三島さんにしても非常に正常なモラルの持ち主なんだけど、なぜかくのごとく偽悪的なモラルに惹かれるのかということに興味をもつことはもちますが。

**江藤** そうじゃない。そういう結論を出しそうなものが作品に内在しているということをいっているにすぎない。実存主義的な倫理と通俗的倫理を分けるのがそもそもおかしいので、倫理は倫理です。私のいっていることは偽悪的でもなんでもない。殺すことによって引き受けるという筋道が出てくれば、それはそうしなければならぬ。それを選ぶとかなんとかいうから、あたかもここに茶色の手袋と黒の手袋とがあって、黒いのを選ぶか、いや茶色にしておこうかというのと同じように思うけれど、われわれが実際に生きていてどう他人を引き受けるかということに実存的倫理と通俗的倫理の別があるわけはない。

倫理というものは思弁的なものじゃない。行為ですよ。それなら自己表現だって行為です。何を選ぶかということも行為で、それを選ばせられてしまうというかたちで選ぶほかはないのだと思う。人間はいつも外側にいてショウウインドウを眺めているようにして生きてはいないですよ。ショウウインドウの中に引っぱりこまれて、否応なく選ばせられて生きている。それは恋愛だって結婚だってそうだし、あるいは人をだましたりだまされたりするときだってそうでしょう。あなたは非常に才能豊かな方だし、『個人的な体験』はそういう才能がよくあらわれている小説だから期せずして、選ばせられているという真実がある部分に強く出てしまっている。それを自分で手袋を選ぶように選んだかのような顔をしているのはおかしいじゃないかといっているのです。

**大江**　それは実存主義に対する無知、あるいは誤解からきている問題ですね。サルトルのいちばん啓蒙的な本を読んでいただいてもわかるけれども、実存的な選択ということは、シュークリームを選ぶかエクレアを選ぶかということでない。人生というものはつねに選ばせられるもので、たとえば自分はついに、ひとつの道しか選ぶことができないけれども、しかしその道を自分が選んだものとして正面から引き受けるという態度、そこにおいて実存主義の倫理というものが出てくるわけです。

**江藤**　それくらいのことは知ってます。

**大江**　選ばれることと、選ぶこととが、すなわちその二つが一致するということをあの小説でぼくは書いたわけです。だから、あなたが「週刊朝日」〔一九六四年九月二十五日号〕の書評で、最後に鳥（バード）が正統的なるものを選ぶべく余儀なくされたといっているのは単なる冗談にしかすぎないとからかっていられたけれども、実は冗談でない。それこそがあの小説で描こうとしたテーマだし、一般に実存主義的なモラルのあり方でもあるわけです。

**江藤**　サルトルの講釈はどうでもいいのです。サルトルはサルトルにすぎないし、ぼくはぼくにすぎない。ぼくは大江さんの小説に関心があるのですよ。サルトルは頭のいい人だけれども、結局サルトルの運命はぼくの運命でも、あなたの運命でもない。ただあなたはいま「余儀なくされた」という言葉をつかったけれど、表現というものはそういうものじゃない。三島さんが「展望」新年号の「現代文学の三方向」という論文で大江さんには、ことばに対する信頼があるといっているけれど、もしそれが「余儀なくされた」と書いたら余儀なくされたという意味でいわれているのだったら、それはことばを信じていることにちっともならない。ことばを信じているということは、曰く言いがたいことが山ほどあるのに、それをなおかつことばでしか表現できないという辛さを身にしみて知っているということだろうと思う。それだってあなたのおっしゃるサルトルの引き受け方と似ていないわけではない。そういうときに、サルトルの説によればこうなっているから自分はその通りに書いたので、文字面の通りに理解してほしいといわれても、ぼくのように無知な者にはわからない。ぼくはそういうことをいってるのじゃない。

要するに、三島さんが何といおうが、ぼくが何といおうが、大江さんとしてはこれをいうほかないという、そういう強いものがあの作品にないのが淋しいといっているだけです。強いものが全くないというのではないけれど、それがピンと響くように伝わって来ないのが残念だといっているんです。逆にいえば、そういうところにぼくは何か「政治」というようなものの変な反映を見たくなる。

**大江**　最初の点だけについて答えると、ぼくが「文芸」に書いた文章で何を目ざしたかというと、この小説にはさまざまな反論があり、特に最終部に批評が集中したけれども、しかしこの小説では、あの文章が最も正しい形であるということを示したにほかならない。もし仮にぼくがあの文章で、あの小説にはほかのあり方もあるというふうにいって、ぼくの小説を撤回したのであるならば、いまの江藤さんの議論も成立するかもしれないけれども、ぼくがあの文章で結局、新潮社版で発表したものしかないということを結論とした以上、そんなふうな江藤さんの議論は成り立たないのじゃないでしょうか。

**江藤**　ぼくのいってるのは結局きわめて素朴なことなんです。批評家でも編集者でもいいけれども、大江さんが編集者あるいは批評家を読者の代表とお考えになるならば、そういうものは気にしないでお書きになったほうがいいといっている。気にしないで、書きたいことをこれ以外に書けないというふうに書いてくださったほうが実はかえって読者に誠実なのだということをいっているだけです。

**大江**　ぼくは自分が書きたいことはこれ以外に書けないということを確認したと書いているのですけどもね。

## 文学の正統性をどこに求めるか

**大江**　ぼくは、江藤さんが新しく文芸時評をはじめられるにあたって、「朝日新聞」のPR版にお書きになった文章を非常におもしろく読んだ。あの文章は、江藤さんの考え方とぼくが基本的にちがっているということをはっきり感じさせてくれる文章でした。そこで実際にはじまった江藤さんの文芸時評にぼくは興味を持って注意していますけれども、結局、文学における正統という考え方において江藤さんのそれとぼくとはちがう。そしてそれを具体的にいえば、明治維新の評価という点で明らかにちがってくるのじゃないかと思います。そしてぼくの評価からいえば、明治維新は戦後文学あるいは戦後というものの評価につながってくるわけです。江藤さんの考え方とちがうと思う点をピックアップするためにぼくの論点をはっきりさせると、江藤さんは、明治維新あるいはそれ以後の近代日本文学というものは儒学あるいは漢学の伝統によって一本筋を入れられているものであって、明治維新あるいは明治以後の文学は江戸時代以来の儒学あるいは漢学の伝統を強く受け継いでいるものだといわれるわけですね。

**江藤**　それだけじゃないけれど。

**大江**　少なくともそれを中心に置いて評価したいということですか。

**江藤**　ええ、そうです。

**大江**　ぼくが明治以後の文学について興味を持つのは、明治維新という大変革があって、それはヨーロッパと日本人との全面的な出会いということでもあるし、一つの革命ということでもあると思いますが、その明治維新という大変革があり、作家たちが、維新体験をしたために、明治以後の文学者の国家社会について正面から考えるという態度がもたらされたのだとぼくは考えるわけです。それは翻って考えれば、戦後派の文学者たちが国家社会について正面から考えようとする態度をもっていたのも彼らに戦争体験及び敗戦体験があるからではないか。その点で文学者の態度において明治維新と敗戦あるいは戦争体験のもたらしたものを結びつけて考えることができないか？　この見方でもってぼくは明治の作家と戦後の作家を同じ角度から考えたいと思っているわけです。

　そしてそのためには、たとえば二葉亭四迷の談話（中村光夫氏『二葉亭四迷伝』による）の「毎時もいふ実感論だが、佸く維新の動乱の空気にも、稍実感的に触れてるので、それで一味ハイカラならざる或る（言はば豪傑趣味ともいふべき）もの、さては国家問題、政治問題の趣味などが僕等には浸み込んでゐる」。こういう二葉亭の考え方がぼくのイメージの根本にあるわけです。もっとも逆に幸徳秋水が「兆民先生」で述べている言葉に、「然れども先生は、竟に尋句摘草の儒生に甘んずる能はざりき。先生が少時より漢学の為めに養はれたる治国平天下の志業は、其勃々たる野心を駆れり。其洋学の為めに養はれたる自由平等の理想は其炎々たる熱血を煽れり。」というような一節もある。幸徳秋水が中江兆民の態度について考えているのは、漢学の伝統が彼に国家に対して正面から考えようとする態度をもたらしたということで明治維新評価として、ぼくの考え方の逆だということになります。

　ところで、漢学の本家である中国人がこういうことについてどう考えているかというと、周作人が書いた「清浦子爵の特殊理解」という文章を竹内好さんが省略紹介していられるところによると、「とりわけ未来の『支那通』の蒙をひらくために一言だけ弁明する。儒教は絶対に中国文化の基礎ではないし、のみならず、とっくに滅んでしまったということを知ってもらいたい。（中略）もし中国を理解したいなら、いくら『孔孟の書』を読んだってムダだ。それよりもまず自国の明治維新史をひもとくがよい。日中両国は、たとい国体がちがっていようとも、改革の時期の雰囲気は似ていること、あたかも思春期の激情と感傷が人おのおの似ているのと同様である。維新の歴史をよんで、その破壊と試行錯誤の底に流れる情熱と希望とが理解できた上で中国の現状を見るならば、まず大きな誤解はおこるまい。」といっているそうです。中国人にとっては儒教の伝統は滅んでいるというのに、明治以後日本で儒教の伝統がどうしてそんなに強力だったか、支配的であったのかと疑問を持つ。ぼくとしては、周作人もそれをすすめるように、明治以後の人間にとっては明治維新の体験というものが非常に大きなものであった、それによってあのように天下国家を正面から考える作家たちが出てきたのだと考えたい。だから明治維新を高く評価するわけです。

　ところが江藤さんの場合は明治維新という変革をあまり高く評価しないで、たとえば新井白石のことを書いていらっしゃったけれども〔『近代以前』〕、江戸時代からの儒学の伝統がすんなり明治以後につながっていると主張されたのじゃないか。そうだとすると、戦後にわたる際に、戦後体験、敗戦体験が軽視される。ひいては戦後文学をそれほど重要視されないということが出てくるのではないか。江藤さんは、そこで近代日本文学の正統というものを江戸文学あるいは漢学の伝統に求めることができると考えていられるらしい。しかしぼくは、文学の正統というものを近代の日本、日本人の場合には、あえて日本の文学者の外国文学との出会いの瞬時刻々のありかたに求めるべきで、それを江戸以前の過去に求めるのは不可能ではないかと考えています。

## 文学と儒教の伝統

**江藤**　御趣旨はよくわかりましたが、周作人の中国では儒教は滅んだという言い方、それは周作人がどういうときにいったかということをまず考えてみなければなりません。

そう思いたいという周作人の希望が入っているのか、それとももっと冷静な分析かということがまず第一に問題になると思う。それが清浦子爵に向けられているとなると、中国の欧化に対して、日本が儒教のイメージで英米の影響力に対抗しようとしている時代の政治的発言と考えるほうがいいように思います。

その問題はさて措いても、江戸時代の日本の儒学は決して中国の儒学の単純な反映じゃないのです。これは非常に独得な性格をもっているし独得な発展をしている。ことに江戸中期以後、私は白石よりむしろ荻生徂徠のことを考えたいのだけれど、徂徠の儒学の展開のしかたなどは一種の考証学だけれど、その独創性は清朝の考証学のどこを突いても出てこないと思う。明の終わりの王元美、この人は荀子の校訂をやった人です。李有麟、そのへんから徂徠の古文辞学も清朝の考証学も出てくるのだけれど、日本に来ると益軒とか伊藤仁斎とかいろいろな人が出て、そういう人がだんだん朱子学から離脱する。徂徠にくると、儒学はもう完全に日本の学問になって独自の発展をしとげたという印象が強い。もっとも徂徠の考え方があまりに独創的だったために松平定信の「寛政異学の禁」ということにもなって、当時のオフィシアル・イデオロギーである朱子学以外の儒学は圧迫されるという事態が生じることにもなりますけれど。そのころ日本人が儒教というフレイムワークをつかって展開した思想には非常に高いものがあるし、しかも独得なものがあると思うのです。それを文学の問題に限ってみると、思想の動きが文学にどう反映してくるか、ということはまず大問題ですね。しかし、徂徠の影響が、江戸中期以後の硬軟の文学に及んでいることは、史実として認めなければならない。思想はもっとも思想として発展しますけれども、文学はことばだし、文学的表現というものはある程度の洗練を経なければなかなかむずかしいわけです。

そういう背景があって、たとえば徂徠学の影響で盛んになった江戸の漢詩文、これは相当深く浸透するし、広く実行される。たとえば永井荷風のお父さんの永井禾原（かげん）とか漱石の漢詩文などは、アメリカにいたときに中国人の学者の意見も聞いてみましたが、非常にすぐれたものだということでした。というのは、中国人の真似が上手だというのでなくて、中国語の詩法によりながら、しかも自己表現が自在闊達に行われているという意味です。そういう意味では漱石などはこの伝統の最後の光芒といってもいいような人だと思われる。同じようなことが鷗外についてもいえる。正宗白鳥など晩年のことを考えれば、日本人としては非常に珍しいほどキリスト教の向こうのほうへ行ってしまったように思われているけれど、彼が教育を受けた備前の閑谷黌（しずたにこう）という藩校のカリキュラムの割合を調べてみると、洋学十二に対して漢学九、数学九、兵式教練六となっている。そういうことを考えても、漢学の素地——いまちょうど中江兆民の例をお引きになったけれど、まさに治国平天下という漢学のベースの上にルソー流の自由主義も入ってくる。日本で独創的な発展をした漢学の素地、それがあったからはじめてさまざまな西洋思想や西洋文学を深く受けとめることができたので、何もないところに入ってこられるものではないと思う。ずっと古いことになれば、支那から仏教が入ってきたときのことを考えても、日本人の感情生活の中に仏教の無常観のようなものを受け入れる素地があったから日本人はあれだけ仏教をわがものにすることができたのだと思う。人麻呂の「もののふの八十氏河(やそうぢがは)の網代木(あじろき)に……」という歌は、仏教の影響に関係なく詠まれています。

あなたのおっしゃることはわかるけれど、外国との刻々たる接触が実るとすれば、実らせるチャンネルがおのずから自分の中になければならぬ。そういうものを正統と呼びたい。それが一番はっきり目にあらわれるかたちは明治維新以後かもしれないけれど、たとえば江戸中期、元禄の終わりごろから徂徠が出たりするころ、それから明治の終わりごろから見てくると、やはり儒教あるいはその教養の上に成り立った漢学の素養というものが日本文化、特に文学をかたちづくる上に非常に大きな役割を果していたと考えざるを得ない。大正になってからでもまだこの残光みたいなものはある。たとえば有島武郎は調べてみると、白樺派の中で例外的に「四書五経」の素読をきちんとやらされている。有島の『或る女』のあいう大きな構成も、やはり朱子学的な教育から得た包括的な世界像がどこか作家の中にあってできたものかもしれない。そういうものがいかに無残に新しい革新的な「目ざめた女性」という思想によって崩れてゆくか。それを崩してゆく女性もまたいかに無残に、美しく崩れてゆくか。そういう過程があの早月葉子という女性を通して実に劇的に描いてあると思います。

## 受け身の戦後文学

**江藤**　ぼくの仮説をついでにもう少しいわせていただけば、たとえば昭和初期のマルクス主義文学が興ったときに、マルクス主義文学を興させる二つの内在的要因があったと思う。これはどちらも儒学に関係がある。一つは、陽明学的主観主義的な考え。何とかして現状を打ち破り、自分が正しいと思ったことを誠心誠意やれば、そこに自ずから転換があるという考え、それが唯物弁証法的創作方法にあらわれる。もう一つ社会主義リアリズム、それは蔵原惟人の「芸術的方法についての感想」に端的にあらわれている、包括的な社会像を描こうとする傾向。その理想のあり方は、大正期あるいは明治四十年代以後次々と崩れ落ちていった、かつての儒学的、包括的世界像を新しいマルキシズムという包括的世界像によって回復しようという考え方の文学的表現だと思う。それが、結局政治情勢の変化でうまくいかなかったから、もう一度やってみようというのが、戦後文学になったと思う。

ぼくの論法をもってすれば、彼らもまたある意味で儒教的な伝統をそれと知らずに求めていたのかもしれない。だけどそれは新しい意匠となった思想のかげでやっているので、一方の文章の軸はもう全く見えなくなっていると思う。大正初期で壊し、マルクス主義・モダニズムで壊し、戦争で壊したから、過去とつながりのあるシンボル、表現で考えることはもうできなくなっている。そこにひとつの衰弱がある。しかし、インテリはそういうふうに動きますけれど、日本人全体は必ずしもそうは動いていない。普通の人間は、自分では知らずに古来同じところにある道の上を毎日歩いているようなところがある。そういうものからしかしインテリはどんどん離れていってしまう。大江さんなどはそれからさらに離れようとしているかもしれない。しかし大江さんだって、本当はかくれた道を探しているのだとぼくは信じている。だから明治維新の政治的な変革の度合いとか、戦後の変革の度合いとかいうこともあるけれど、それは要するに一つの外在的要因だと思う。そういうものとは別に人間の心の中に食い入った文化的要因があって、そういうものは日本人の心の底に持続している。しかし作家は入れかわり立ちかわりいろいろ異なった新しい象徴のなかで混乱しているのだというふうに考えたい。

戦後派の作家については、あの人たちの表現が、敗戦という特殊な事件に対して、本質的に受け身の表現だったということをいっておきたい。なぜそうかというと、それはやはりシンボルのつかみ方が悪いからだと思う。戦後文学は最初から受け身にはじまって、時代のまき散らした新しいシンボルのもやにひたっている。その中にチラッチラッと向こう側にある本物が見えているのだけれど、何か根本的なところで日本の知識人を閉じこめている「政治と文学」という小さな不毛な理論のおりの中に自己閉鎖してしまった。そういう点で不幸なことになっていると考える。もちろん大江さんが、戦争で負けたという体験と明治維新の体験を重ね合わせて小説を書いてみようと考えられることに反対する理由は何もないけれど、そこで知っておいてほしいことがある。ぼくはあるところに書いたけれど、折口信夫先生が谷崎さんの『細雪』を読んだときに、あれは歴史小説だといわれた。それは終戦後すぐのことですが、『細雪』は非常にみごとに書かれた歴史小説だということをいわれた。これを覚えておいていただきたいと思うのです。

歴史というものはやはり向こうのほうに飛び去ってしまったもので、二つの時代をまったく同じものとして重ね合わせることはできないと思う。われわれが明治を思い出すのは、それが不在だからです。死んだ父親や母親を思い出すときを考えても同じでしょう。文学者が過去を思い出して歴史的なものを書こうとするとき第一番にぶつかる問題はどうしてもこの不在という問題だと思う。だから戦後には明治はなかったのだということ、そこからはじまって自己投影に終わらない明治と戦後の「重ね合わせ」が書けたら、深いものになるだろうと期待しますけどね。

**大江**　『細雪』が歴史小説だという折口説についていえばたしかに『細雪』は史伝ではないけれど年代記の細部みたいではありますね。いまの江藤さんのお考えの中で、明治時代に儒学的な伝統があって、治国平天下の思想に燃えている人々がいた、それが崩壊したあとで、インテリたちはマルキシズムによって天下国家の問題を正面から考えようとした、そしてその志が戦後に通じているというのはそうだろうと思いますね。だからといって戦後文学の作家たち、あるいは戦後のインテリたちが儒学の伝統に正統を見出す人々であるかというと、それはそうでないと思う。儒学の伝統ということばと今日のわれわれの文学の正統ということばとを強いて結びつける必要はないのじゃありませんか。

**江藤**　世界像を回復しようという衝動は右翼にもある。それは左翼だけに限らないでしょう。私のいいたいのは、ただ、そういう衝動と文学的表現というものの間にはずれがあるということです。文学というものは必ずことばというものに頼らなければできないわけでしょう。そのことばは、そこらへんの喫茶店の室内装飾みたいにベニヤ板を張り合わせた上にニスを塗るようには入手できない。やはり由緒正しい表現が要るのです。もちろん表現にはどんな崩れた表現があってもかまわない。しかし崩すときにはそれは由緒正しいものの存在をまず認めて、それに対する反逆として崩す以外にない。由緒正しい表現がどこにもなくなってしまえば、どうやって意味のある崩し方ができるのですか。

## 外国文学の受けとめかた

**大江**　明治の文学者たちは外国文学と正面からつきあおうとした。戦後の文学につらなっているわれわれも外国文学に正面からつきあおうとする態度を回復しなければならないと思うし、ぼくはそれを志しているけれども、それは自分自身が今日の外国文学を正面から読んでいくことでも、すなわち由緒正しい表現を発見できることがあると、明治にひきくらべてぼくは考えているわけです。江藤さんがこれは由緒正しくないぞと現代文学を審判する場合に、荻生徂徠の伝統につながってないから由緒正しくないぞと、罪状を明らかにしようとすれば、それは不可能だと思う。

**江藤**　由緒正しいかどうかということになれば、文章を読み、書く人間は自分の感覚を信用する以外にない。しかし感覚というものは絶対に気分じゃない。実はもっと厳格な規制——個人を超えた制約のもとにあるものです。その規準は、どこにあるかわからないけれどどこかに地下水のように流れて絶えない由緒正しいものがあるということを信じることによって与えられる。信じたときに規制された自分の感覚、それがぼくのいう感覚なのです。この感覚がまったく無規制な、放恣なものであるわけがない。

**大江**　そういうふうにいっていただくと理解できるけれども、江藤さんが自分の感覚をさして、それが江戸時代以来の儒学の伝統に基づくところの正統にのっとっているというような表現をされれば、それは気分の問題としか受けとれませんね。

**江藤**　そうではない。そういうことは曰く言いがたいことです。地下水の流れを信じるということは、つまり、日本の文化というものが存在する、ということを認めることだ。

**大江**　だから江藤さんがこれから今日の現場の文学に数年間かつきあおうという際に、正統という言葉を提出し、しかも荻生徂徠、江戸時代以来の伝統に基づく正統というふうに旗色を鮮明にされるということは……。

**江藤**　それはイデオロギーでも指導理念でもない。だからそれを正統と呼ぶのですよ。まあ大江さんは外国文学を正面から読んできたとおっしゃるけれども……。

**大江**　読もうとしている。

**江藤**　だけれど、ぼくはそこに疑いがあるのです。いったい昭和の初めからあとで、大正以来といってもいいと思うが、外国文学を正面から読んでいた日本の作家などあまりいなかったんじゃないか。これは明治と比べて顕著なちがいだと思う。たとえば武者小路実篤は外国文学を正面から読みはしなかった。ロダンとかトルストイとかメーテルリンクとかいったって決して正面から西洋人と思ってつきあってはいなかった。片仮名名前の日本の芸術家として対していたのだと思う。以後外国の作家を日本の作家として読むような風潮はますます盛んになっていると思う。いまも実はそう読んでいるのじゃないか。日本の作家を正面から読むようなつもりで外国作家を正面から読んでいると思っている。ところがそれは実は正面ではない。

**大江** ぼくがいま明治文学を読みはじめてみると、彼らは外国文学を真に外国文学としてたしかに正面から引き受けて読んできた先達だったと感じます。柳田国男氏は、田山花袋という作家を学問がなくて外国文学はあまり読めない人だったといっていられるけれども、しかし田山花袋だって、『蒲団』を書こうとしている時、『東京の三十年』など読むと、いかにも外国文学を真正面から読んで自分の心に勃然として湧き起こっている文学的イメージへの手だてにしようとしていたかがわかる。

**江藤** 花袋の時代にはそれがたしかにあったと思います。英語で読んだから。

**大江** 戦後においてもぼくはそれを回復しなければならないと思っていますね。

**江藤** ただそこには個人の良心をこえたようなものがあると思う。西洋文学は仮に翻訳してあっても、結局西洋人がしゃべっていたり歩いたりしている町や村から生まれたものので、その町は東京ではないし、福岡でも高知でもない。大江さんはヨーロッパをはじめいろいろ外国を知ってらっしゃるから、もちろんよくおわかりだろうけども、明治の作家がそういうものと正面からつきあおうとしたのは、ほんとうに大変なことだったのじゃないか。漱石なんかも、まるで自分は群狼中の一匹のムク犬のようにロンドンの公園を歩いたといっているし、プアー・チャイニーズといわれたといって怒ったりしている。あるいは鷗外が胸を張って、自分の得意な語学にものをいわせて、軍医総監が来たときに国際赤十字の総会で演説したときでも、自分が西洋人の一人だと思っていたわけではない。西洋人というものの集団があって、それが自分のまわりを囲んでいると思っていた。明治の人たちはそういう形で西洋を受けとめた。そこで偉かったのは、なにも西洋人だからといって向こうざまに攘夷をやらないで、むしろ自分をひらくことによって対立しようとしたことだと思う。そういう対立関係からそれこそ余儀なく西洋を引き受けさせられた。しかし、そこではじめて非常に異質なものと接触することができた。これは非常にむずかしいことだと思う。

**大江**　それが正面から引き受ける態度ですね。

**江藤**　その通りです。だけど大江さんや私も含めて以後の人間はそういうふうに外国のものを読んではこなかったように思うんです。外国文学が好きでそればかりやっている人たちだって、そうは読んでない。この風潮はほとんど個人の良心をこえたもので、現代日本の文化的雰囲気の問題だと思う。

**大江**　ぼくは外国文学科の学生だったが、英語や仏語の小説についてそういうふうに対立的に読む態度をもたなければいけないと考えてきたし、同時にわが明治文学についても対立的に読む態度しかないだろうと考えているわけです。いまや明治には外国と同じように遠い側面がある。そこで明治文学についてもまた対立者として〻正面から引き受けて読む態度をもとうと考えているわけです。

**江藤**　もちろんそうです。それをさっきもいったわけですけれど、しかし明治がどんなに遠くても、これは日本人のやったことだから近いともいえる。フランス文学に比べればね。それが文化の持続ということじゃないか。

**大江**　しかしその明治の近さということを現代文学の正統というふうに考えるのは間違っていると思う。

**江藤**　それはあなたが正統ということばに引っかかっているのです。そういうひっかかり方はつまらぬことです。

**大江**　そういう明治の遠さ、近さと正統という感覚とを野合させるな、ということがぼくの言いたいことですけどもね。

現代文学はいかにあるべきか

**江藤**　さっきもちょっといったけど、要するに文士がお互いに信用しなくなっちゃったということ、それが一番いけないですよ。みんな何かすごく悧巧になっちゃったな。

**大江**　ぼくはインサイダーとしての作家とアウトサイダーとしての作家という生活形態、生活意識でそういうふうに変わってきたと思うんです。岩野泡鳴の『毒薬を飲む女』を読むと、龍土軒で開かれていた龍土会――柳田国男、島崎藤村が中心になってやった会合。

**江藤**　自然主義作家たちの会合。

**大江**　その会合で、みんな盛んに議論して、花袋なんかばかにされているようだし、岩野泡鳴自身ときたらつまらない恋愛などやったり女房にがんばられたら、奇妙な事業を志したりして、アカデミックな柳田国男などとはまったくちがう生涯を歩んでいるのだけれども、彼らにはお互いに議論しあってもなお、確実な相互の信頼感がありますね。それはやはりあの人たちにアウトサイダーの作家だという志、また国士みたいな気持があったからだろうと思う。そういう気風が現文壇で失われているといえば、それはそうかもしれませんね。

**江藤**　ぼくは久しぶりに時評（朝日新聞）をやって、まだ一回書いただけですけれど、小説をひとわたり読んでみて、小説という形式が実に簡単に信じられているのには驚いた。小説のフォルム、そういうものにあわせてつくろうという気持がとても強い。小説らしい小説をつくるということ、それはどんな小説のジャンルにもある。たとえば私小説的なものなら私小説らしく書こうとする。本格的なものならいかにも本格的な小説らしくつくろうという意識が強くて、それが実にうまいんだ。とくに芥川賞をとって一、二年くらいの作家のものなんか、おしまいはこう終わるだろうと思って読んでいくとまったくそう終わる。実際うまい。でもばかばかしいと思いますよ、そういううまさは。小説というものをそう簡単に信用しちゃって小説が書けるのかと思う。何か言いたいことがあるから小説を書くわけで、それが根本でしょう。近代の文学というものはそういうものなんです。けれども、何か言いたいことがあるから書くのじゃなくて、小説というかたちに当てはめるために書いているようなのがとても多い。同人雑誌の作品などもちろんそうだし、練達な作家たちも根本的にはそうだ。大部分がそうですね。これはぼくはおかしいと思う。

**大江**　作家としていえば、江藤さんの『個人的な体験』に対する批評なども、おまえは小説としてうまくつくることにひたすら心を砕いて何年間もそういうことに頑張ってきたのかということだったけれど、ぼくはたしかにうまい小説を書きたいと考えてきた。そう考えながら職業作家ということで何年か生活してくると、幾分はうまくなる。そして文章表現には曰く言いがたいものの介入があるということ、どんなにうまくなっても曰く言いがたいものがあるぞ、という絶望感のようなものが消え去りはしないのだということをときどき忘れることがあるようです。それはやはり小説をうまくつくりすぎる、あるいは小説という形式を信頼しすぎるという弊害でしょうけれども、それはすべての作家、どういう意識的な作家にもあることのようですね。

**江藤**　すべての文士についていえることでしょう。批評家だって三枚半の雑評を毎日書いていれば忘れてしまう。どういうふうに言ったら当たりさわりがないかという技術が妙にうまくなっちゃってね。それは仕事の量が多いということにも関係するでしょうけれど。

それからもう一つぼくが思うことは、作家がデッサンをしなくなったと思う。あるものをよく見て、それをふっと書くということ、そういうデッサンの練習を作家があまりしなくなったように思う。それはかなり年長の作家から若い作家にまで共通していえることだと思う。それは小説というフォルムを過信するということとどこかで関係があるのじゃないか。たとえば川端さんという人はいまデッサンでやっている人じゃない。女の腕の話とか『眠れる美女』とか抽象的なものをお書きになるけれど、川端さんの若いころを見ると、『掌の小説』とかはスケッチ・ブックみたいなものですよ。あれで短い小説のつくり方の修業をするとともに、女がちょっと首を向けたときのかたちとか、そういうロートレックのデッサンみたいなものをいっぱい書いていた。それができたのが川端さんで、横光さんはあまりできなかった人じゃないかと思う。そういうことをあまりやっていないのじゃないかな。永井龍男さんが短篇小説を書くでしょう。永井さんを褒めることが何を意味するのかということは大問題だけれど、永井龍男さんの小説に、たとえば旅館の女中がすたすたと中に入ってゆくとき足袋の裏が見えたというようなことが書いてあると、そこにデッサンの裏づけのある何かがあることを人は直ちに感じるのです。つまりほんとうにそうなんだから。そういうことをいまの作家はやらなくなっちゃったように思う。

**大江**　ぼくなんかは、江藤淳氏が永井龍男氏の技術を褒めると、「なにを、江藤淳めが」と反撥しますがね（笑）。たしかにそういうことは大切で、ぼくはそれを観察力の発揮ということだと思っている。観察力のある作家とそうでない作家というものがある。日本の戦後文学の歴史では、観察力が衰弱したかわりに、観察力と無関係な、言葉だけの比喩というものが猖獗（しょうけつ）をきわめたと思う。観察力によって、独自の比喩を発見するのじゃない。観察と無関係に辞書をひねくって、いわば恣意的にきらびやかな比喩をつくる作家がいる。悪い作家の例じゃなくて、秀れた作家についていっても、たとえば三島由紀夫氏の場合にも時にそういうことがあるように思う。もっとも三島氏の『絹と明察』など本当にいいところがあって、たとえば芸者が通帳を帯の中につっこむときとか、そういうところには、まさに独自の観察力が発揮されているわけですが……。

**江藤**　三島さんの『絹と明察』についていえば、あれは新派の俳優を観察しているような描き方だと思う。つまり本当の芸者がふっと通帳をしまうという感じよりも、芸者を演じている新派の俳優を描いているような感じ。そこがちょっとあなたと感じのちがうところなんです。あの小説で印象深かったのは、近江絹糸みたいな会社の寮母になるために芸者がせいぜい地味につくって、汽車に乗っていくと、隣に坐っていた客が降りてしまう、そこに蜜柑の皮が残っていて、足の爪先でつまんでヒョイと棄てるというところ。ここなんかうまいですよ。ただ、その書き方が、大江さんのおっしゃったことに結びつけていえば、比喩的な文章の中に置かれているせいか、亡くなった花柳章太郎が演じた芸者がそういう仕草をした舞台を見ているような感じがする。

**大江**　ぼくは田舎者だから新派の俳優が演じる芸者こそを真の芸者だと感じるのかな。それはどうでもいいけれども、ぼくは観察力というものは、現実のおだやかな表皮の下に非常に奇怪な赤裸々なものを発見する力を持つものでなければならないと思う。ところが、そういうものがだんだん軽視されているのじゃないか。現在通俗文学と純文学との区別があいまいになっているのは、そういう鋭い観察力に対する評価が批評家によって蔑ろにされているからじゃないか。

**江藤**　もちろんそういうことはあるでしょう。

## 出ずっぱりの戦後の作家

**大江**　江藤さんは文芸時評家として、純文学とそうでない文学とを峻別してゆこうという検察官みたいな態度をもちますか。

**江藤**　それはもたざるを得ない。ただ純文学ということばはぼくはあまり好きじゃない。純文学というと妙にイデオロギー的な感じがするからね。文学とそうでないものといったらいいでしょう。それは峻別しようとしなければ、毎月の時評も書いて行けない。もう一つ、ぼくの印象では、戦後の作家はそろいもそろって異常に息の続き方が長いように思う。

**大江**　うん、そのとおりだ。

**江藤**　明治から今までわずか百年だけれども、日本の歩んできた変化のことを考えれば、まさに一身にして二世、三世を経る観がある、かなり長いものです。いまの老大家、谷崎潤一郎でも、あるいは亡くなった正宗さんでも荷風でも、みんな一時期息が続かなくなった時代がある。たとえば潤一郎が明治四十三年に『刺青』を書いて、いまだ日本文学に見ざる傑作といって荷風が「三田文学」で褒めた。それからしばらくはもつわけだけれど、そのあとは全然いけなくなっちゃう。つまり文壇のトレンドが変わっちゃって相手にされなくなる。仕方がないので映画に手を出してみたり、そのころちょうど大震災が起こったので関西に逃げていったり、佐藤春夫さんとのああいう問題〔細君譲渡事件」が起こったりで、借金ばかりしていて、浮かばれない時代が長い。これは中村光夫さんの『佐藤春夫論』にも書いてあるけれども、『卍』とか『痴人の愛』で復活するまでかなり長い間ほんとうの苦悩の時代ですよ。しかしそういう地獄めぐりがあった上で谷崎さんの以後の復活があった。荷風だって『おかめ笹』を書いたあと『つゆのあとさき』(昭和六年)で復活するまで何を書いているかというと、まず『下谷叢話』と「雨瀟瀟」でしょう。

**大江**　『下谷叢話』はいい。

**江藤**　「雨瀟瀟」はいいけれども、『下谷叢話』がいいという議論にはあまり賛成できない。荷風という人は漢文の書けなかった人です、よく読めただろうけれど。だから一所懸命鷗外の史伝をまねしようとした。ポーズばかり眼についてちょっといやみだね。趣味的にはおもしろいところもあるけれど、あまりいいものじゃない。とにかくそういう方面に韜晦(とうかい)していた。それがやっと『つゆのあとさき』でタイガーかどこかの女給のことを書いて浮かび上がって、三年後に「ひかげの花」という傑作を書いた。白鳥もヨーロッパから帰ってきたら、文壇は知らない間に全部左翼作家に占領されていたといって、しばらくうろうろしている。あとで批評家として復活して、それからああして八十くらいまで現役で活躍しておられた。最近三木露風という方が非常にお気の毒な形で亡くなられた。この人は詩人だけれど、詩を書いたのは何と二十から二十六までの六年間ですね。その間に実に長足の進歩をしている。二十六のときに書いた「幻の田園」という詩集には大げさにいえば中原中也、三好達治を予見させるものがあるように思う。しかしそれからは結局おしまいまで書けずじまい。

こういうことがあるのに、戦後の作家にはそれがない。それはなぜかというと、戦後異常なジャーナリズムの発達があったからだと思う。この異常さを見ていくと、ある意味では、いろんな人がよくあれだけ頑張ったともいえると同時に反面、どうしても書くものがスカスカになるという現象が起こっている。ぼくが不思議なのは、力量のある作家をとってみれば、お金にはそう困らないはずだ。したがって自分で暇をつくることだってできると思う。日本にいたらできないかもしれないけれど、外国に出たりすれば、一、二年、かなり貴族的な生活だってできると思う。そういうことを作家がやってもいい時期にきているのじゃないかということをちょっと感じる。

**大江**　そのとおりですね。江藤さんの専門の夏目漱石など十年あるいは十一年くらいしか仕事をしなかった。森鷗外だってずいぶん小説を書かなかった時期があるわけですね。

ぼくは「石原慎太郎文庫」〔河出書房〕の編集委員に加わって考えたんだけど、近代文学を明治二十年以後ほぼ八十年間のものだとすると、石原慎太郎さんはもうその八分の一を生きてきたわけで、もう若書きとかいってはいられない、それはぼくだってそうです。戦前のたいていの作家は十年くらい書くとしばらく活躍しなかった。しかし戦後の場合は、戦後すでに二十年。

**江藤**　出ずっぱり。

**大江**　だから困った状態もあらわれる。ぼくや江藤さんにしてからが、江藤さんの出現から一年たって、ぼくは仕事をはじめたのでしたが、もし、ぼくが二年くらい仕事をしてすぐ自殺してしまったとか、江藤さんは、そのころ文学の仕事を放棄して右翼の政治理論家になったとかしたなら、悲劇も喜劇も起こらないわけだけど、ずっと文学の世界にわれわれが生きているから事情は複雑です。戦後の文学界の活動がはじまったときにあらためて再登場した方も、新しく出てきた戦後派も、その後文学的に二十年間出ずっぱりだったわけだけれどもそういうことが作家の才能に可能なはずはないでしょう。

一般に作家は十年間ほど消え去っていて、また復活するということを繰り返す幸運な作家と、十年間ぐらい出ずっぱりに仕事をして夭折する作家と二つに分かれるものだと思う。戦後の日本文学の場合は純文学作家が二十年間出ずっぱりということが可能だった。そのために作家が同じ歌をいつもうたうとか、あまり危険のない作品を延々とうたい続けているということもあったわけですね。

## 偽善的な文学者

**江藤**　そうです。もう一つ、ここは微妙なことだけれど大事なのは、出ずっぱりを保つためにみなが偽善的になってくるということだな。ある人間が自分の言いたいことはこれだということをはっきり持っていれば、それは心の中に刺青のように刻印されていて、いつまでたってもその印は作品にあらわれる。これはその人の星みたいなものでどうしようもないでしょう。しかしそれと同時に、社会で人交わりをしている間に人間は顔が変わるように変わってくる。細胞だって変わる。変わるから二十年生きて来ているのです。そういうことがあたかもあり得ないかのようなことをいい出して、自分は変わらないというのがいる。これは偽善です。こういう気風がいろんなことを毒している。たとえば、誰それを右翼に置き、誰それを左翼に置き、その中間に誰を置けばこれこれの文学的鳥瞰図ができると批評家がいう。しかし彼にとって十年前にいった右と左と今日のそれはちがうわけです。彼自身の立っている場所が第一違っている。右と左の概念規定もはっきりしない。そういう論法を繰り返していれば変わらないように見えるけれど、実は変わっている。

このことは現在の新聞に出る文壇鳥瞰図を昔の新聞縮刷版と比べて見れば一目でわかる。そういう自己欺瞞が政治と文学という神話を生んだりしているが、現実はどんどんずれている。そういうところから物を見ないことが善だという偽善が生まれてゆく。しかし物が見えない文士というものはあり得ないと思う。そういう偽善が横行している。

**大江**　物が見えない文士は鼻のきかない犬みたいなもので、どうにもならないと自戒しなければならない。その点ではやはり戦後派作家たちがいちばん筋道立った生き方をしてきたと思う。いま野間宏氏とか椎名麟三氏など沈黙して、小説を書けない状態に自分自身を追いこんでいられるということはそれだけ、仕事をさかんにしていた時の彼らが本質的な仕事をしたことで、一貫して正統的な作家の態度だと思う。逆に梅崎春生氏が何年間か小説を書かない時期をおいて現在また『狂ひ凧』のような作品をお書きになっているのも、作家として正統的な生き方だと思うんです。それにつながることだけれども、戦後派の作家たちは、自分自身の才能を中間小説的なものに水で薄めることを拒否してきた人たちでした。そういう点であの人たちは戦後いちばん正統的に生きている作家たちだとぼくは思い、こういう作家たちに続きたいと思っています。

**江藤**　ただ、文学というのはどちらにせよ恐ろしいものだと思う。正統的な態度をとったから正統的な小説が書けるとは限らない。結局それは書いたものによる。書けなくなっている以上、たしかに野間さんや椎名さんにはそういうつらい時期が訪れているのでしょう。それっきりの人だっているし、そのあとで目のさめるようなものを書く人もいる。そういうことはほんとうに怖いことで、ぼくには何ともいえない。一人一人の問題だと思う。だから、そういう態度をとったからその人は善で、とらなかったから悪だとは必ずしもいえない。そこが文学のいちばん面倒なところだと思う。才能のないやつが倫理的に正しい態度をとっていても、それだけではどうにもならない。善が勝って悪が滅びるというふうには必ずしもいかない。たとえばアメリカ人だって、いまエズラ・パウンドといわれるといやな顔をする。それは政治的にいやでしょう。ムッソリーニをかついだからね。だけどエズラ・パウンドがほとんどこのあいだ死んだエリオットを上まわる詩才をもっていたということは眼のある人ならわかる。だから困る。そういうことは怖いことなんです。

**大江**　戦後文壇の鳥瞰図みたいになるけれども、新人作家が登場すると同業者組合の鑑札をもらったみたいで、鑑札をもつ人間は一生作家として通用するというふうに同業者組合員がお互いに認め合う感じだと思う。そこで同業者組合の一人が作家として滅びるということは、きのうは人の身の上もきょうはわが身にふりかかる、ということだから、お互いに同業者に対して寛大な気分があると思います。こういう文壇では作家が自然にコンサヴァティヴになるだろう。そしてそれは革新的な才能をもった作家の登場を妨げることになるかもしれない。もっとも日本のマスコミは広いし、新奇なものはとりあげて喰ってしまおうとするから、そういう才能は出てくるにしても、ともかくその才能が危険さや革命的な新しさを持ち続けることはむずかしいのじゃないか。こういうところでは、ほんとうにめずらかな才能は持続しないのじゃないかと思うことがあります。

**江藤**　今は危険なものが危険なものとして公認されちゃう時代だからね。そうなったら作家は危険を演じ続けなければならない。それはもちろんほんとうの危険を冒すことではない。危険なものが出てくると、これは危険屋ということで、天下御免になる。危険屋は危険を売っていればいい。買いたいやつはそこへ行って買えばいい。名店街みたいなものです。昔は名店街などなかったから、入船堂のかき餅が食いたければ、めんど臭いけれどもそこまで行かなければならなかった。いまは危険屋はどこの本屋でも売ってるから、そこで買ってくればいい。この人は危険屋でございということでたちまち社会的に公認されてしまう。しかし危険というものは社会的に公認されないから危険なわけでしょう。そういう正統的な定義を今の世の中はあまりゆるさない。だから最も危険なものが最も安全で、最も安全なことをいうのが最も危険みたいに変なふうに倒錯しているのじゃないかと思う。――大江さんの考え方とは少しちがうかも知れませんが、ぼくはいつもなにも人さまとのおつきあいのためにだけ生きているわけじゃないと思っている。もちろん社会人としては、夜十二時過ぎたら大きな音を立てず、犬が糞をすれば拾って歩くくらいのことは常識なので、常識は大事だけれど、いったい自分は何がしたくて批評を書きだしたかということを考えたら、なにも他人の顔色を見るためにはじめたわけではない。要するに、ほかにしようがなかったからやりはじめたんでしょう。だったら困難があってもしようがない。それでだめになったら商売をやめる。商売がえしたってただ食っていくぐらいは何とかなるでしょう。

つまらないじゃないですか。せいぜい六十年か七十年したら人間は死んじまうんですよ。このごろのように自動車その他危ないものが一杯ある時代には明日の命も知れやしない。いざ死ぬときに、あいつの悪口をいっとけばよかったのにいわなかったなんて、それは冗談だけれど、いいたいことも気兼していわずに死ぬのだったら、こんな口惜しいことはない。

**大江**　ぼくは最近ほんとうに自動車に追突された。

**江藤**　ぼくも二度ある。軽いやつだから平気だったけれど。

**大江**　そのときぼくはどう思ったかというと、運転手に遺言して、あの作品とあの作品、あれらはすべて廃棄してもらおうと考えた。そして幾つかだけを残しておきたいと思った。いまみたいに現代文学の研究者がふえてくると、どんなつまらない不成功の作品でも、あとで読まれるかもしれないからと慄然とする。

**江藤**　しかしある意味では文学の世界はまだやろうと思えば何かできる世界ですね。いまはオーガナイゼーション・マンの時代だから、社長になろうと思ってもなれない人もいるし、いろいろ困難がある。だけれど文学の世界は、才能がある人間なら心がけひとつで、やろうと思えばできない世界でもないから、その点ではまだ望みがあるでしょう。

（『群像』一九六五年三月号）

# 現代をどう生きるか

一九六八年

## 『万延元年のフットボール』の文体について

**編集者**　昭和四十年三月号の「群像」誌上で、お二人が「現代の文学者と社会」という題で対談されたことがありますが、あれから三年近く経過しております。その対談のちょっと前に江藤さんは『アメリカと私』〔一九六五年二月〕を書き終えており、大江さんはその数ヵ月前に『個人的な体験』〔六四年八月〕と『厳粛な綱渡り』〔六五年二月〕を出版されています。その後今日までに、江藤さんは『成熟と喪失』〔六七年六月〕、大江さんは『万延元年のフットボール』〔六七年九月〕と、それぞれ現代文学にとって重要な作品を発表しておられます。文学の新時代を担うお二人はほとんど同時に文壇に出られたわけですが、それからもう十年以上経っており、いわば十年選手でもあります。本日はお二人で存分に話し合っていただきたいと思います。

**江藤**　ようやく大江さんの『万延元年のフットボール』を数日前に読んで、いろんなことを考えたんですけれども、まず技量が上がったと思った。小説をつくる技量、そういうものは進歩したという感じがした。ことばをかえていうと、カレイドスコープみたいに、いろいろな接触面をうまくつなぎ合わせたり、エピソードと、エピソードとの辻褄を合わせる、そういう作業がうまくなった。そのことには感心したのですが、ただ、それが文学的な——文学技術的なでなくて文学的な深まりを示しているかどうかということになると、非常に疑問があった。

『個人的な体験』と今度の作品とを比べると、複雑なことをうまく重ね合わせてまとめているという点では技術的に今度のほうがすぐれているかもしれない。だけれど文学的には大江さんが以前『個人的な体験』で提出された主題が一歩も前進させられていないという印象を持った。この印象には大事な問題がいくつか含まれていると思う。とにかくあれは非常に読みにくい小説です。途中から少し読みやすくなるけれども、そのへんからスタイルも変わって動きが出てくる。はじめのところは奇妙に低迷していて動かないのです。動かないのはなぜかということをひとつとっても、大切な問題が含まれていると思う。もちろんそれには作者が意識的に文体を変えているということもあるでしょう。しかし意識的な操作があの部分を完全にコントロールしているとは思われない。そのためにだけ読みにくいのじゃない。それはもっと別の原因から来ているのかもしれないので、そこにこそ一番重要な、文学的な問題が隠されているのじゃないかと思う。
まあ大づかみにいえば、技術的な進歩と文学的な足踏みというところに大江さんの現在の問題が集約されているように思う。そこには作者に外側から寄せられている期待と作者の内部から流露すべくして流露し得ていないある根源的なモティーフとの相剋、あるいは乖離、そういうものも窺われるような気がした。

**大江**　いま江藤さんの話を伺っていると、それは江藤さんのぼくに対する批評のことばとして非常に親切なことばだと思いますけれども、言っていられる、文学的な本質ということでは、以前から江藤さんが言ってきたことと変わらないと感じました。ぼくの小説に何かひずみがある、そのひずみは、ぼく自身の内発的なあるものに自然流露しない憾(うら)みがあって、それは外側からぼくにかけられている期待とでもいうものにぼくがこたえようとするためあらわれるひずみだということですね。そしてそこに辛い相剋が生じている、という意見で、それは江藤さんのずっといいつづけてこられた言葉なんだけれど、江藤さんの批評に即していえば、そういう批評とたたかうというか、そういう批評に対して抵抗することによってこの十年間ぼくは小説を書いてきました。

　ぼくとしては、たとえば今度の小説のスタイルが変わっているという批評がある、そしてそれはもちろん自分が意識的に文章を変えたということになるけれども、小説家の意識はそのすべてが、自分で統括というか管轄されえるものでなくて、文章を変えてゆこうという意識はモリみたいな感じで自分の内部に突き刺さってゆくこと以上には出ない。モリへの肉体的な抵抗は多分にあると思っているわけです。
　したがってぼくの文章の変わり方が、意識的ですなわち、ぼく自身の内発的なものと無関係であるという批評は、ぼくはそれをとらない。ぼく自身が、こういう文章でもってしか表現できないようなところに入りこんだためにそうなったのだとしかいえない。技術的にうまくなったということばを率直に受けとってもっと具体的にいいかえれば、構造が複雑に多層的になってきたということじゃないかと思うんですがね。
**江藤**　批評に抵抗して書いたりする必要はないんですよ。それがすでに裏返しのかたちで「外側の期待」に応えようとすることでしょう。ちょっとそういうこととちがうんです。ぼくのいいたいのは辻褄の合わせ方がうまくなったという感じなんだ。必ずしも多層的云々という意味ではなくて。
**大江**　辻褄というのは批評家が結果的に考えてのことでしょう。

**江藤**　ぼくはあなたの初期の作品を念のために、二、三読み返してみました。つい最近のことだけれど。あのころの作品の主人公には蜜三郎とか鷹四とか、鳥（バード）とか呉鷹男とか、ああいうグロテスクな名前はついていませんね。学生とか僕とかいうふうになっている。

**大江**　それらはほとんど短篇ですからね。

**江藤**　短篇だけではなく、最初の長篇の『芽むしり仔撃ち』〔一九五八年六月〕でも李とか、僕とか弟とか、そういうごく普通の呼び方になっている。だいたい十年一昔というから少し歴史的にみてみましょうか。このあいだにずいぶんあなたは変わってきた。『芽むしり仔撃ち』ぐらいを分岐点として、それまでの大江さんの特徴が、ものの再現ではなくして、ものに触れたところから出てくるイマジネーションを基調にしているということについては、中野重治の東大構内を描写した文章とあなたの東大構内の描写とを比べて、以前ぼくも書いたことがある〔「大江健三郎の問題」一九六〇年〕。その当時からイメージの豊富な文章を書くということが大江さんの特質だったと思うけれど、想像された世界はどこかに照応する外界をもっていた。しかしそのうちにだんだん想像された世界が、外側に実在して作者にある抵抗感を与えていた世界から剝離してきたように感じます。

それがいちばん最初にはっきりあらわれたのはたぶん『われらの時代』〔一九五九年七月〕あたりだろうと思う、この剝離はどうもだんだん大きくなってきていて、今度の小説のあの読みにくさに到達したと思う。これはある読者には非常な苦痛を与えるのです。ぼくは、正直にいって何度もページを閉じながらある義務感からやっと読み通した。単純な読者なら読まずに中途でやめたかもしれない。そして読んだあとでも、どうも深く自分にかかわるという感じがしない。空虚なのです。だからはっきりいえば、ぼくにとってはあれは存在しなくてもいいような作品です。小島信夫さんの『抱擁家族』はさしあたりぼくには必要な作品といえるでしょう。また夏目漱石のいくつかの作品は絶対存在しなければならない。しかし大江さんの今度の作品はそういう感じを与えない。なぜかというと世界の実在感というものがない。本当のものだという感じが稀薄なのです。『われらの時代』から『個人的な体験』にかけて、いろいろな屈折はあるけれども、あなたは世界を把握しているというか世界とどこかでかかわっているという感じを失ってしまって来たのではないかと思う。そういう作家がしかも想像力に恵まれている場合、どうしようとするかというと、その世界と自分との乖離感を何かで埋めようとする。あるいは虚空に泥絵具を塗るようなやや病的な作業にふけろうとする。たしか「文学」

（九月号）の座談会（「作家と想像力」）で、あなたは、自分の想像力は作中人物に奇妙な名前をつけないと動きださない機関車みたいなものだといっていたと思う。あれはおそらく正直な告白でしょう。そういうふうにちょうど養殖真珠の人工核みたいなものをつくらないと作品の世界ができ上がらない。それは作者が外界と自分との関係について、手がかりを失っているからではないかと思う。そういう空虚感があるから、いろいろな分泌物で自分のまわりを埋めてゆこうとする。それが『われらの時代』以来今日までのあなたの創作活動の本質だろうとぼくは見ています。もちろん、そのときどきの分泌のバイタリティーのちがいのようなものがあって、それはたとえば『個人的な体験』と『万延元年のフットボール』とでは、『個人的な体験』のほうが強いように思う。今度のが弱いことの結果としていわゆる「意識的に変えられた」文体が出てきている。どんなに難解な小説であっても、作者がある根源的な場所で自家発電している場合には読者は必ずそれに引きずられるものです。

ぼくは大江さんに対していつも否定的批判者であるかもしれないけれども、ほとんど義務感に似た深甚な関心を持っている読者の一人といっていいだろうと思う。そういう読者が綿密に読もうとするとき、作者の根源的な声を聴くことができず、抵抗感ばかり感じるというのはまことに残念だと思う。あなたが非常に苦労を重ねて努力しておられることはよくわかる。しかしそのためにかえって外界と自分との関係がわからなくなっているということもあると思う。その結果、今度は恣意的にいろいろな図柄を組み合わせたり濃い色彩で人をおどろかすことは容易になるでしょう。いったん人工的な核をつくってある程度レールをひいてしまえば、いろいろな図柄を新奇なデザインとして組み合わせることは可能になる。それだけにうまく辻褄も合う。

## イマジネールな世界と客観性

**大江**　いまの批評はぼくの作品とぼく自身に対しては当たっていない、かえって江藤さん自身の発想の欠陥を明確にあらわしていると思います。江藤さんの論理の進め方は、最近はとくにいつでも自分自身の主観的な感じとり方が軸になっている。それはすべての批評家あるいは作家がそういう感想からものを述べてもいいけれども、江藤さんの歪みはそれをある結論的な段階で一挙に普遍化しようとするところにあらわれます。それまでは自分だけの責任でくりひろげてきたことの勘定書を最後に批評対象の作者なら作者、作曲家なら作曲家の責任に転嫁しようとするやり方で、それは江藤さんの批評の姿勢がもともともっている現実とのかかわりなさというか、社会との片面通行というか、そういう欠陥を表現していると思う。とくに小説というものの本来イマジネールな世界を厳密に考えればぼくの言いたいことははっきりするんだけれども、江藤さんはイマジネールな世界について二重の、すなわち多義的な、もっとあからさまにいえば、曖昧な意味づけを与えているのじゃないか。

ぼくはいまの話を伺っていて、あなたのイマジネールな世界と現実の世界との関係の考え方が二つの意味にとれて、正確に理解できない。ぼくの考えでは、作家が扱う世界は、たとえば小島信夫さんの『抱擁家族』でも、ぼくの小説でも、根本的にすべてイマジネールの世界を扱っているのであって、実はそれが現実生活と辻褄が合う必要はない。現実生活との辻褄を合わせて、あらためて想像力を働かせることは読者にとってとくに必要な問題であるかといえば、そうではないし、本来作家にとっても、現実生活と辻褄を合わせることによって自分のイマジネールな世界を整頓しようというつもりはない。もっともイマジネールな世界と現実生活とが同一平面で対立しているわけではなくて、それらは別の次元にあるから、ある点では密着して見えることもあるし、そうでない場合もある。すなわちそれらは全然別々のものとして考えなければならない。それをわざわざ別々に考えないで関係づけてみるために江藤さんは、大江のイマジネールな世界と自分の現実生活の感覚とはぴったりしない、ということになる。だから自分が大江の小説は必要でないということは結構だけれども、そういうふうにいう江藤さんという一読者がいる反面には、無限に大江のイマジネールの世界を自分は必要とするという読者がいるかもしれないと想像してみるのが批評家でしょう?

江藤さんの論理で一番よくないと思うのは、大江のイマジネールな世界と自分の現実感覚とは一致しない、というところまでは自由だが、そこで自分の感覚を絶対化して疑わず、すなわち大江の現実生活と大江のイマジネールな世界との間にはミゾがあるだろうと考えるところに集約されていますね。

**江藤**　ちょっと参考までにつけ加えておくと、ぼくはちょうど十年前、あなたの『飼育』を批評したとき、自分の批評基準は唯一つしかない、それは「偏見」というものだと断っている。だからこそぼくは『飼育』の批評にも『万延元年』の批評にも責任を持てるんです。大江さん、小説家が創作活動をするときに、その恣意性を制約するものはいったい何ですか、それに客観性を与えるものは何ですか。

大江　恣意性をひき起こすものと、客観性を与えるものとはちがいますよ。

江藤　イマジネーションが恣意的にならないための、作品の世界を構築するとき、構築された想像の世界が普遍性を獲得するための物差しは何ですか。普遍性というのは、言葉を変えていえば他人と分かち持てるというぐらいの意味です。あなたの小説では呉鷹男とか蜜三郎とかいう奇妙な名前の人物が出てくるでしょう。この名前を認めるか認めないかがいわば読者に対する踏み絵になっているのです。認めなければなかに入っていけない。しかし認めた人間は客観性の問題を棚上げにして大江さんの主観的な世界にコミットすることを強要されてしまう。これは主観的・恣意的な世界をそれが本当に共用され得るかどうかという問題を回避して読者におしつけようとする一種の詐術です。

ここで読者はある苦痛を経験せざるを得ない。読者は本能的に小説というものはもっと開かれていなければならないと思っているから。大江さんは、作品世界の客観性の問題に眼をつぶって自分の主観的な世界を認める人間だけを相手にしようという態度で書いている。しかし考えてみれば、これは昔からあったことで、別に新しいことじゃない。私小説の私、それが非常に特殊な私であるということについては散々いわれている。私小説の場合には、芥川龍之介がたかだか三千人と見積った文壇人及びそれを取り巻く人たちの生活態度、美意識、倫理を共有されたものと想定して、その中でつくり上げた私だったけれども、今度はそうでなくて、まず最初に十円木戸銭を入れて、幕の内に入るか入らないかという、そういう因果物の見世物小屋の世界……。

**大江**　そんなことはない。

**江藤**　それではなぜ蜜三郎とか呉鷹男とか、そういう特殊な名前をつけるか、それを明確に説明して下さい。明確に説明して納得の行く理由をはっきり言ってくれなければぼくの疑問を論駁することはできないでしょう。

**大江**　最初の部分の私小説の世界は非常に特殊なものだということについていっても、私小説の読者はせいぜい三千人とおっしゃるけれども、今日までの読者の集積でいえば三千人という規模ではなくて、非常に多くの何万人という読者との間のコミュニケーションができています。

**江藤**　それは何十万でもかまわないのです。読者の数の多寡にはかかわらない。それはコミュニケーションが成立したかどうかとは別の次元の問題だから、ぼくは作者の精神の傾向のことをいっているのです。

**大江**　たとえば蜜三郎という名前をつけることによってぼくが読者とのコミュニケーシ

ョンを切ってしまったかというと、それは小説を読み終わったあとで、やはりこの小説はヒーローの名が蜜三郎であるために自分はどうしてもそこに入っていけなかったという読者がいれば、それはこの小説全体がその人にとってコミュニケーションを持たなかったということになるけれども、そういう人がいるとして、しかし他方に、あなたが現に引用する小島信夫とか安岡章太郎という人が、当の座談会に即していえば結局、あの小説に入りこめたといっています。

**江藤** それもまた反証にはならないでしょう。安岡さんや小島さんが何と言われようと、そこには礼儀もあるし文壇の作家としての配慮もあるだろうから。そういうことでなくて、ここではもっと正確に議論しなければいけない。

**大江** 彼らのいうことが、文壇政治的で真実でない、とあなたがいうなら、それはまさにあなたの個性をあらわしているけれども、ぼくとしては、この場合に、この小説を最後まで読んでこれを受けいれた人がいるということだと受けとっています。そしてそれは客観的に江藤さんが受けいれられないといわれる証言と少なくとも同じ重みを持つ証言じゃないでしょうか？

**江藤** ぼくは読者に対して作者が示している態度が根本的なところでフェアでないとい

っているのです。ぼくも結局あなたの『万延元年』を読み通しましたが、これはフェアでないと思いつつそういう責任を自分に課したのです。ほかの作家にも、大江さんに対する、職業的関心も競争心もあるでしょう。ないといえばそれはむしろおかしなことです。だから読み通して、そこで読み通した自分を認めるわけです。認めるという姿勢を自分に課するのです。しかし認めるという姿勢をなぜ自分に課する必要があるか。その疑問はあの座談会でもやはりいろいろなかたちで安岡・小島両氏から提出されていたと思う。それが問題だと思う。

つまり作者が読者と対等の関係を措定しないで、読者をまず服従させて走り出すという書き方。閉鎖的な作品世界の中に入ってくる、あるいは無理やりに入れてしまった読者だけとの関係を措定して書くという書きかたの客観性を問題にしているわけです。だから現実に誰それがどう言ったということでなくて、あなたが蜜三郎や鷹四という名前を設定して書き続けてこられたことの文学的な意味を話し合いたいのですよ。この手法は『叫び声』〔一九六三年一月〕あたりから用いられはじめている。『個人的な体験』でも鳥（バード）が出てきた。この創作態度の必然性が伺いたいというのです。

いまになって十年をふり返ってみると、あなたの客観世界との乖離というか外界の喪失という形でそれをとらえるよりぼくにはとらえられない。そうでないというなら、客観世界を喪失してないという証拠を提出してほしいと思う。ぼくは自分の感受性以外に武器は何も持っていない。しかも、それを一つの普遍的な基準として作品に試みる以外に批評家の責任のとり方はないのです。

**大江**　それは作家でもそうです。自分の個人的な感受性を通じて、なんとか普遍性につながってゆこうとするんです。

**江藤**　どんな作家にだってその点について反論する自由はあります。ぼくはひとつの意見を提出しているにすぎない。それが普遍妥当に絶対的なものだといってはいない。ぼくにとって絶対的なだけです。だからあなたもぼくの否定的疑問に対してわかるように説明して下さい。

これは非常に素朴な疑問みたいだけれど、象徴的なことだと思うから、この際ぜひ伺っておきたい。なぜあれが淳三郎と健四郎ではいけないのか、そうした場合どうしてあなたの想像的世界は都合が悪くなるのか、あるいは崩れたりこわれたりしてしまうのか。

**大江**　いま小説が終わってみれば、もちろん別の名前でもいい。それが非常に不愉快な名前だったら困るけれども、別の名前でもいい。しかし、あれを読み終わった普通の読者が虚心坦懐に考えれば、あの名前は特別の名前ではないというふうに思ってくれるとぼくは思いますけどもね。

**江藤**　それを、作者の側の理由としてききたいんです。

**大江**　作家にとっての特別な理由は何か、それは人物の名前や場所の設定を創作過程で自分自身の内部にどんどん入ってゆくことがやりやすいようにするためでしかない。それを通じて小説を書いてゆくのであって、その原稿用紙を前にしての態度が社会的に欺瞞だとかいわれても、作家としては実は答えようがない。

**江藤**　社会的に欺瞞だということをいっているのではありません。文学論としてきいているんです。つまり蜜三郎や鷹四が充分客観的であるとあなたが判断する。しかしなぜ太郎や次郎であってはいけないかということ。それが大きな問題なんです。太郎や次郎から蜜三郎や鷹四になる段階を教えてほしい。

**大江**　たしかにぼくは太郎や次郎から出発したわけじゃない、蜜三郎や鷹四から出発した。そうしてでき上がった作品において、そういう名をもつ人物たちが普遍性を、いくらかなりとコミュニケートする力を読者に対して持てば、それは小説家として自分の作業が社会化したと考えることなんです。

**江藤**　小説家はあるいはそういうふうに書くかもしれない。しかし読者はそれを一ページから四百ページまで順に読むんです。そうすると蜜三郎という踏み絵が出てくるのでギョッとする。少なくともぼくのような読者はギョッとする。これは読む体験ということから考えれば、ハードルがある感じになる。

**大江**　作家として傲慢といわれればそれまでですが、その程度のハードルは飛び越えてもらわないと作家としては何もできません。

**江藤**　それが問題だと思う。

**大江**　読者としていえばぼくだって、たとえばノーマン・メイラーの新しい小説でいくらかの抵抗感は見出す。しかしぼくは彼を読む以上、それを飛び越える。

**江藤**　ノーマン・メイラーはどうでもいいです。これは単に抵抗感ということともちがうんです。必然性のある抵抗感だってありますから。ぼくはたまたま十年間深甚の興味をもって読んできた大江さんに質問しているんです。

**大江**　そういう永年の読者であるあなたにとって蜜三郎と鷹四という名前はまったく越えることのできないハードルであって、それを別の名前に置きかえれば、はじめて理解できるというわけですか。

**江藤**　それはかなり重要なことだと思う。なぜなら、あなたが「文学」の座談会でもいっているように、「蛮」や「鷹」はあなたにとっては一つの起動力になっている名前でしょう。ああ書いたことにおいてあの小説が成り立っているという。それならあれをもし太郎や次郎にしたらあれは別のように成り立つかもしれない。その別のように成り立ち得る世界を読者はそれぞれ日常生活の経験律から知っている。読者は、一人一人の現実へのかかわり方においていろいろな、しかし日常的な経験律を持っている。ところが、そういうものをはじめから強引に排除する形で、ここへいらっしゃいという形になっている。

**大江**　そんなことはない。

## 大江健三郎の社会性

**江藤**　作者はそうは思わなくても、少なくともぼくのような読者の眼から見ればそう見える。もう一つこの議論を敷衍（ふえん）させますと、それは社会性という問題に通じる。ぼくが「季刊藝術」のシンポジウムで、武満徹君の最近の作曲に社会性が欠けているといったことに対して、武満君は大分不満だとあなたはいっていたけれども、それとも通じるでしょう。社会というのは他人の集合でしょう。その社会を、あなたの創作方法はある閉鎖的操作で自分に味方する社会とそうでない社会に分けるんです。

**大江**　作家や音楽家こそそんなことはしないし、できないですよ。それをしているのはあなたのような批評家です。現に江藤さんは武満徹の場合についてフェアではなかった。

**江藤**　武満君はここにいないから、今はあなたの小説について話しましょう。

この問題はどうしても蜜三郎という根源的な設定にかかわる。その設定がさっきからいっているように読者をより分けるフルイの役をしているからです。そうであるならば、あなたはそれぞれ独自の経験律を持って存在している他人の一人一人の経験のわからなさ、重さというものを排除し自分の小説に服従させるところにあなたの小説世界をつくっている。

**大江**　そんなことはない。

**江藤**　これは社会の欠如ではないですか。

**大江**　基本的にいってすべての人の経験を重んじながら自分の仕事をするということは不可能です。しかしそれは社会の欠如ではない。たとえばあなたが「季刊藝術」でやっているもの〔「一族再会」〕でも、他人たるぼくには全然関係のない人物、自分の経験とかかわらせようのない人物について個人的な詠嘆をこめて書き続けているでしょう。しかしそれであなたが自分個人の内部にとどまるつもりでなくて、むしろそこに入ってゆきさえすれば何か社会に向かって普遍性を持つことが書けるだろうと信じているから雑誌に発表しているわけでしょう。小説の場合もほぼ同じですよ。

**江藤**　それはもちろん誰でもそうです。しかしぼくは踏み絵なしに、反論をいくらでも許容するかたちで文章を書いているつもりです。誰でもすべての他人をわかることなどできはしない。そうではなくて、他者というもののとらえ方を問題にしているんです。他者というものと作者との存在のしかた、それがあなたのは「民主的」でないんです。

つまりそこに踏み絵を課するものがあるのが困るというんです。そういう閉鎖的操作の上に小説世界をつくり上げて、十年間とは言いませんが、十年間のうち相当長い期間あなたがだんだん外界から剝離して行きつづけている。それは危険なことで、混迷だというんです。その点をあなたは自己中心的にでなくて、現在の日本の社会全体の問題として考えてもらわなければ困る。われわれはみな眇(びょう)たるものであるけれども、ものを書いたり文学にたずさわる者はそういう責任を持っている。そこを、結果としてこうだからという結果論でものを言ってはいけない。

**大江**　それはむしろ、あなた自身への批判になっているが、もう少しぼくという他人の考えもゆっくり聞いてもらいたい。『万延元年のフットボール』がいま一冊の作品としてでき上がっていることは一つの結果ですね。その結果を生みだした創作活動の最初に、なぜ蜜三郎という人物が必要だったかということを説明すれば、ぼくの小説の場合にはあるモデルを想定して書くわけではない。ひたすら、ひとつのイマジネールな世界をつくり上げようとして書くわけですね。その場合に、まず最初に自分がどのように小説に入っていくかということをきめなければならない。たとえば私小説家にとってみれば自分の生活を書けばいいし、あるいは歴史小説家は歴史について書けばいいのだけれども、純粋にイマジネールの世界を書こうとすれば二つの手がかりしかないと思う。

一つは、仮に三百ページを貫き得る文体ですし、もう一つは、できるだけ端的に一つの肉体を持っている対象であるかのように主人公のイメージを把握すること、その場合に、たとえば一人の大学の講師で非常に低迷している人間を描くというふうに、概念的にとらえることは小説家の方法ではない。概念をこえて想像力の世界に実在する肉体としてとらえたものを描いてゆかなければならない。その場合に、ぼくの場合は、黙りこんでいるネズミみたいに見える人間、というイメージが一つの手がかりです。そして仮にその弟のファナティックな風貌をあらわすために鷹四なら鷹四という名前をつけて兄と対応させる、そうしたことをすることによって自分の想像的世界のぼんやり見えている奥底にパイプを通じて少しずつ形を与えてゆく。しかしぼくのその段階の内部のパイプが江藤さんや他人たちにそのままつながるとは思っていない。むしろ逆です。だからそれを客観的なものに仕上げてゆくこと、ぼく自身が最初につくった仮設のパイプなしで、読者に一つの実在として眼の前に蜜三郎という人間がいることになるように書きあげてゆくこと、辻褄を合わせるのでなくて、そういうふうにつくり上げてゆくことが、すなわち小説を書く作業なんです。ぼくにとっても小説を書き上げたあとでは、最初の自分のための手がかりなどもう必要ではないわけです。それぬきで読者には理解してもらいたい。

したがってその場合に読者から、これは蜜三郎という名前であるために入ってゆけないといって読むのを中途でやめてしまわれれば、それはしようがないけれども、しかし、そういう抵抗を感じた人がいても、それをなお最後まで読んでいただいたとすれば、蜜三郎という人間、それは特殊な名前というより人間自体の特殊さがあるわけだけれども、そういう特殊な人間の実在性を一瞬でも感じとっていただければ、それは小説家にとって読者に期待することができるすべてがかなえられたことです。自分が特殊な自分の内部を追っていたにかかわらず、もしそこに特殊なものを通じて一般にひろがるコミュニケーションが開きえれば、それは社会的なことだと思う。

**江藤**　それが大江健三郎の社会性なんですね。

**大江**　しかしそれ以外に小説家の社会性がありますか？

**江藤**　そうであれば蜜三郎が確乎たる実在性を持たなければならない。単なる名前ではなくて、ここにいるあなたのように。それが社会性の前提なら。

**大江**　もうちょっと説明します。たとえばあなたが武満徹に対して失礼なことをいった座談会のことですが……。

**江藤**　失礼というのはどういうことですか。

**大江**　武満徹という音楽家は社会性がないとあなたの責任でいうことは失礼ではない。それはあなたの社会性とはすっかりちがった社会性を武満徹が持っていると信じるぼくや、武満徹自身にとっては別に失礼なことではない。しかし、あなたが家でくつろいで美空ひばりなら美空ひばりを聞いている、そしてその時感じるものと同じものが武満徹にあると客観的な判断をすれば、美空ひばり的なものを含めた日本的通俗の感受性と十何年間戦ってきた武満徹に失礼です。しかもあなたはそういうテレビの前の自分の一番だらけた、つまらないところで、武満徹のまっとうな仕事を否定するという無礼というか鈍感というかそういうことをおかしている。江藤さんはテレビの流行歌を聞いている時も自分だけは社会性のある一般原理としてそこに坐ってくつろいでいると考える権利を有していると思っていながら、ぼくという他人が、自分の社会性というものを仕事を通じて持つことは疑わしいと考えているのはまったく奇妙だ。

**江藤**　ぼくはそんなことをいっていないでしょう。

**大江**　江藤さんの論文は常にそういうことをいっています。

**江藤**　あなたの発想が自己中心的だからそういうふうに屈折するんでしょう。そうでなくて、あなたが蜜三郎や鷹四を乗りこえて理解してもらいたいというふうにいわれる。しかしこれは小説家が自作について語る言葉とするとずいぶんショッキングな言葉です。そこに甘えがあるから。

じゃあ本当のことをいいましょうか、なぜ読者が「蜜」や「鷹」を理解しようと努めるのか。ぼくは「大江健三郎の社会性」といいましたが、まさに読者は、大江健三郎が書いている小説だから、これはいったい何だろうと思って読むんです。社会性のある実在はあなたのほうなんです、あなたの人物たちというよりも。それがわからなければいけない。

**大江**　本当にあなたは蜜三郎と鷹四という名にそれほどの抵抗を感じて読み進められなかったのですか。

**江藤**　『叫び声』の場合にも抵抗がありました。鳥(バード)にも抵抗がありました。大江さんはなんでこういうことをやっているのかということが大変気にかかっていました。

## 何のために小説を書くのか

**江藤**　ところであなたは何のために書くのですか。何のために書いているのですか、小説家は。

**大江**　ぼくにとっては、自分自身が現実とかかわってどのように生きているかということを、あらためて自分の内部にもぐりこんで小説の上で確かめることですね。

**江藤**　そのことに普遍性があると思っているのでしょう。

**大江**　そういうかたちの発想はしない。

**江藤**　それではぼくなり他の読者があなたが現実とかかわってどう生きているかということを確かめることにどうして関心を持たなければならぬのですか。

**大江**　あなたのいうような意味で関心を持っていただかなくてもいい。

**江藤**　小説を書いて公的な場所に発表する、そして読者が読むことを措定する。そうすると読者は、あなたが現実とかかわってどう生きているかを確かめる姿を見るわけでしょう、もしあなたのいうことをそのままにとれば。そうすれば読者はそうしているあなたを自分にアイデンティファイしなければならぬでしょう。

**大江**　そこがあなたの客観性の弱いところです。なにも自己同一化しなくてもいいじゃありませんか。アイデンティファイしないまま読むことでいいじゃありませんか。

**江藤**　あなたが現実とかかわってどう生きているかということを小説に書き、それを公衆の面前にパブリッシュする。それを読む人間は少なくとも何かかかわりがあると思わなければ、大江さんが現実とかかわり合って自分を確かめている姿が自分に関係があるとは思わない。そうでしょう。

**大江**　まったくそう思わない人は読まないでしょう。

**江藤**　かかわりがあるとあなたは信じるから書くわけでしょう。
**大江**　そんなことはない。
**江藤**　ではどうして書くのですか。
**大江**　それは自分自身の生き方を文章において確かめるということを自分の生き方として選んでいるからです。あなたはどうして書くのですか。
**江藤**　まず小説家である大江さんに言っていただきたい。
**大江**　ぼくはいま言ったように、自分自身がどのように現実とかかわって生きているかということを小説に書くことによって確かめるために書いています。
**江藤**　どういう普遍的な意味があるのですか、そういう行為のなかに普遍性があるとあなたが措定できる……。
**大江**　措定しない。創作活動の上でそれは必要でない。自分自身の個人的な生き方をどのように確かめてゆくかということによって書くわけです。
**江藤**　それではあなたの行為の普遍的な意味は小説が現代のジャーナリズムのなかで商品として認められているという事実の中にあるわけですか。確かめているという個人的な行為が一方にある、そしてジャーナリズムという商業的な機構がこちら側にある、そ

の向こうに読者がいる。そうすれば、こちらでまったく個人的に確かめていれば、ジャ

ーナリズムが勝手にそれを持っていって、それを読者が読む、そういうふうに書くので

すか。

**大江**　一般的にいえば、ジャーナリズムの場所でも、きわめて特殊の狭いところでのみ

ぼくは小説の仕事をし続けてきた。そうしてぼく自身が自分の内部にかかわることを目

ざして書く小説を、非常に小規模の読者かもしれないけれどもその人たちが自分自身の

生き方を確かめながら読むときに、あるいは共感を発して読んでくれたかもしれない。

それをぼくが広い読者に読まれるため、普遍性を求めるために自分自身の個人的な生き

方とのかかわりを崩して小説を書いてきたのだとは絶対にいえないでしょう。

**江藤**　そんなことを聞いているんじゃありません。普遍性ということばをたくさんの人

に読まれるというふうにとられると具合が悪い。一人の他人でもいいわけです。ある一

人の人間をとって、あなたがそういうふうにして書いて確かめていることがその人間に

とってあるいは意味があるかもしれないと思われるのですか。

**大江**　そういうふうに予断して書きはしない。その点が基本的に理解していただいてい

ないように思います。ぼくは『個人的な体験』のなかでも書いたけれども、自分の内部

あるいは自分と現実とのかかわり合いの狭間をどんどん掘り進んでいけばいつかは他人との出会いがあるということを信じていないと小説家は発狂するほかないというふうに考えているわけです。

**江藤**　もちろんです。

**大江**　しかしそのことを、あなたが無理やりに切り離してみせるように、自分自身の内部を掘り進むこととジャーナリズムを介して他者に自分を押し出すことに、すっかり切り離して考える必要はないと思うんです。

**江藤**　もちろんありません。

**大江**　小説家の個人的な内部にこそ普遍性があると思わなければ作家は自己分裂する。

**江藤**　それを伺えば安心する。

## なぜ評論を書くのか

**大江**　そこであらためて反問しますが、あなたはなぜ評論を書くのですか。たとえばぼくの小説を抵抗があって読み進みたくないと思いながら、なぜその小説を読み、かつ批評を書き、語るのですか。文芸時評をあなたは止めたのだし、それは無意味だと思いますが。

**江藤**　無意味じゃありません。それは大江さんという一人の同世代作家がいて、その作家が社会現象としても文学現象としても重要な問題を提出しているからです。それが他人事であるわけがない。一個の批評家として。

**大江**　あなたはどうしてナルシスティクなほど自分自身の尊厳を主張し、自分の主観を大切にしながら、他人のこととなるとすぐそのように大切にしないのですか。

**江藤**　他人を大切にすることと他人に甘言を弄することとは別のことです。

**大江**　あなたという一個の人間としてどう読むか。

**江藤**　ぼくという人間としてみれば、客観世界の実在のグリップを失って、恣意的なイマジネーションの世界のなかに入りこんで行かざるを得ない人は悲惨だと思っている。どうしたらいいのだろうと思っている。

**大江**　イマジネーションの世界というものは現実とか実在のグリップなどとかいう言葉で正当づけたりはできないものでしょう。それが江藤さんとぼくの小説観との根源的にちがうところです。

**江藤**　そうではない。一個の人間としてどう思うかといわれるからいったのです。そういうような世界に入りこんで行きつつある人、それがぼくと同世代の文学者であり、かつ友人といってもいい人であることに対して、無関心でいられるわけがない。それに対して徹底的な否定をするためにも読まないわけにはいかない。ただ一個の行きずりの読者であれば、そしてぼくが自分の発言に対して責任をとろうとしていなければ、読まないで勝手なことをしていればいい。だけどぼくはあなたの『飼育』にめぐりあって以来、この点にはコミットしているからいわなければならない。

## 江藤淳における「他者」

**大江**　あなたは「日本と私」〔「朝日ジャーナル」連載／生前未刊行〕のように自分の小さな生活における詠嘆にみちた感想を書いたものを発表し、今はもっと進んで自分のおじいさんやおばあさんのことを書いているけれども〔「一族再会」〕、あれは現実のグリップが普遍的に存在すると信じて書いているのですか。

**江藤**　あれはぼくなりに自分と世界の関係を確かめようとしているエッセイです。ぼくは、どこの誰兵衛か知らないけれども一人の他者というものを頭に浮かべて、そういう存在と何かを共有したいと思って書いている。

**大江**　その他者というものも、つづまるところ江藤淳の内部にあるわけでしょう。

**江藤**　それは自分のなかに何を許容するかという問題になってくる。あなたのは許容度がだんだんなくなってくる。

**大江**　ぼくの場合は小説だから、もっと意味が別です。

**江藤**　言語表現といえばいい。

**大江**　その言語の表現において、江藤さんが他者と見なしているものは、自分自身とすっかりちがった他者、対立物だろうか？　もしそうだとすれば、それをどれだけ自分で許容できるかということを通じて、逆にその他者の他者性をどんどん大きくさせ強くするということは文学表現において最も大切なものだと思う。ぼくだって、たとえば蜜三郎という人物をなぜ健三郎と呼ばないかといえば、それは鷹四という他者をつくり上げていきたいと思うからです。

しかし実は江藤さんの、自分が許容していると思っている他者は、ほんとうは自分べったりの非他者です。それにもかかわらず、それを他者だと見くびったことを考えているために、自分自身の考え方に客観性があり普遍性があると容易に信じ過ぎてしまう。それが今度の「一族再会」にしても『アメリカと私』にしても、それらの根本的な弱みをなしているとぼくは思いますね。自分が一番ひねりやすいようなでくの坊をつくりあげて、それを他者だと仮に呼んでいるにすぎない。

**江藤** そうじゃない。全く違った他者などというものが存在しないのが日本の文学者の悲喜劇なんです。鷹四は蜜三郎のドッペルゲンガーであって、他者などではない。ひねりやすいといえばあれはひねりやすい部類です。第一血縁で結ばれている。自分がひねりやすいようなそれではだめなんです。他者というものの感覚は、自分の限られた日常生活のなかでそれを育てて行くよりほかない。それがつまり社会的に生きるということなんです。それ以外に何もない。

われわれは実際何に触れているかというと、実にくだらない、小さなものに触れているにすぎない。それ自身作品に形象化されなければ何でもないような日常生活のなかで他者の実在感に触れて、そういうものに対する自分の感受性の誠実さに賭けて他者の像をつくってゆく以外にない。社会がもっと秩序立てられていて、ある一つのパターンをなぞっていればそれが相当の普遍性を得るようなふうに固定した社会に生きているなら話は別だけれども、現在の日本のような社会でわれわれが誠実になれるとすれば、そういう日常的な、非常に卑小な体験の一々に当たってくる感触をどれくらい自分が許容できるかということで自分の他者像をつくる以外にない。それはなにもぼくがはじめて言っていることでなくて、誰でも生活している人間ならわかっているはずのことです。平野謙氏の「女房的文学論」もそれを非常に卑俗に巧妙に言ったにすぎない。そういうものと自分との関係ですね。そういうものを明確に見定めるところに他者像をつくる以外にない。それに普遍性がどの程度あるかということは疑わなければならない。だけれども、そういうものを許容するかしないかという一つの精神の傾向がある。ぼくの他者像に完全に普遍性があるとは少しも思っていない。しかしそういうものを許容しようという精神の傾向を維持していたい。ぼくは生活者としても恣意的な、無責任なことはしたくないから。

もう一つ、なぜ書くかといわれれば、他者を許容するためにだけ書いているわけではない。自分を救う念願をこめて書いている。

**大江**　しかし、実のところあなたの他者は、「日本と私」に出てくる大家にしても、宿の女中にしても、お父さんにしても、それを読んでみると、小説家の水準からみればいかにも他者性の稀薄なものです。江藤さんの恣意的な一面、江藤さんが大家なら大家の一面を恣意的にとり出して自己閉鎖的な感想を述べたにすぎない。そこで、あれらの作品に客観性が稀薄だと、構造が一元的だと、単なる詠嘆の羅列にすぎないところが多すぎるという感じをぼくは持っています。

**江藤**　あなたのいっていることは、表現のというよりは習俗上のプロプライエティ〔適切性、妥当性〕の問題でしょう。それなら「奇妙な仕事」の「私大生」に引っかかるかどうかと同じことです。それにちょっと要求がある。未完の作品を持ち出して論じてほしくない。未完の作品について論じるというのは第一フェアではないし、おそらくあなたのいう「他者性の濃厚な他者」というものは化物みたいなもので、人工的な概念にすぎないと思う。小説が言語表現の極致だと考えるのは小説家のオプティミズムです。あなたは「詠嘆」というけれど、それは祈りに転化することもあるのです。それを否定するほうが感傷的だと思う。

**大江**　むしろ江藤さんのメンタリティにとっては他者というものは幻みたいなもので、許容するという自分の態度こそが問題なんです。小説家は、許容するとか否定するとかいうことの前にまずほんとうの他者というものをつくりあげようとします。

**江藤**　あなたはそこで「小説家は」といってはいけないでしょう。「ぼくは」といわなければいけないと思う。そうでないと話が非常にあいまいになるから。しかしそうして人工的につくられた他者は自己のレプリカにすぎないと思う。蜜三郎に対する鷹四のように。

もう一つ『万延元年のフットボール』を読んで感じたことは、あの中に自己呵責の罪悪感というものが重要なモチーフとしてあらわれている。これはいろいろなディメンション〔次元〕で重ね合わされているのだけれども、いちばん根本的なものは、ある均質なグループから自分が離脱することに対する恐怖です。これは何かというと、個人になって他者に出逢うことへの恐怖でしょう。均質なグループのなかには他者はいない。自分の複合体がいる。要するに影がいる。たとえば村の共同体なら共同体……。

**大江**　それこそが日常生活における他者じゃないですか。

**江藤**　言葉を正確につかいましょう。それは他者ではなくて「世間」というものです。共同体は一つのエトスを共有しているじゃないですか。学生運動も一つのエトスを共有しているでしょう。一つのエトスを共有している集団から離脱する恐怖。

**大江**　共有しているかどうかはわかりません。

**江藤**　あのなかでは共有し得なくなった人間を書こうとしている。

**大江**　そのとおりです。

**江藤**　だから鷹四と安保のグループとかフットボールのグループ、蜜三郎と村人のグループというような設定でこの恐怖が語られる。『芽むしり仔撃ち』もそうだったと思う。今度の場合でも村の青年たちが出てくる。ジンとか……。

**大江**　村の青年のなかの小さな対立もそれぞれ書いているつもりなんだがなあ。

**江藤**　もちろん均質な有機体のなかにでも細かく見れば、対立も葛藤もあるでしょう。しかし、大づかみにいえばあなたの描いている共同体は均質だといっていい。そこから離れることにおびえるというのは、母胎から切り離されることの恐怖といってもいいと思う。つまり個人として独立して他者に出逢うことを避けようという幼児性の表現です。

たとえば『万延元年』に四国の森の描写がありますね。原生林のなかにポッカリあいた異質な空白として村落のイメージが出てくる。それは明らかにマイナスのイメージになって主人公の心に定着される。均質な森のなかに異質なものがあるという感覚、自分がその異質なものに属してしまったというしろめたさ、これは大江さんのなかにある根源的なおびえだと思う。それから「チョウソカベ」という他者がいて、それが浸透してくるというこわさ、他者というものはあなたにとってみるとそういう幼児性でとらえられたものなんです。そこからおびえが生まれている。そういうところにあなたの小説の弱点がひそんでいるんです。他者との関係において。

**大江**　たとえば蜜三郎という人間にとってその妻は他者でありませんか。

**江藤**　奥さんはもちろん他者です。

**大江**　それから弟もまた他者です。他者にはいろんな種類があるというわけです。

**江藤**　いろいろな種類がある。

**大江**　他者というものはそういう複雑な構造をなしている。一般にそうです。

**江藤**　一般にというとちょっとちがう。

**大江**　あなたのお父さんとぼくとでは他者としてちがうでしょう、あなたにとって。

**江藤**　一般にというわけではなくて、あなたのああいうとらえ方は非常に特殊なものなんです。

**大江**　それを一般に、というべきだと思いますがね。

**江藤**　ここに均質なもののなかにとどまっていて、他者に出逢うまいとしているから、異質なものになることに、恐怖感や嫌悪感があるんでしょう。

**大江**　たしかに恐怖感と罪悪感、嫌悪感というものをぼくが強く感じるタイプの人間であることは確実です。

## 『万延元年』の本当の主題

**江藤**　あなたのあの奥さんというのは……。

**大江**　蜜三郎という登場人物の妻と一緒にしないで下さいよ。

**江藤**　もちろん主人公の奥さんのことをいっているんですよ、大江さん。菜採子といいましたかね。あの女性が蜜三郎にとって他者だという、それはまさにそのとおりです。あの人物だけが本当の他者になり得る可能性を含んでいる。しかもそれは非常に基本的な主題のように思われる。あの小説の主題は実は「万延元年」でも「フットボール」でもないんだ。そうではなくて、蜜三郎にとって回避できない他者であるところの細君との関係。そこに本当の主題が隠されている。しかも発展させられてないのだ。だからあの小説のなかで心を打たれたのは、細君が蜜三郎に向かって語りかけるところ〔第6章〕。あれが基本なんです。

**大江**　たしかにね、基本の一つです。

**江藤**　あれこそ基本的なことなんです。なぜなら、ほんとうの他者というものはああいうものだからです。つまりわれわれわれわれは、個人として生きざるを得なくなっている。そういうわれわれにとって他者というものは蜜三郎にとっての菜採子のようなかたちでしかあらわれない。村の青年団のようなかたちではあらわれないのです。そこをぼかしているのがあの小説のあいまいなところです。蜜三郎が菜採子に直面するところはあの一ヵ所しかない。それは作者が個人という問題をどれくらい深刻に考えているかということの一つの指標になる。

**大江**　あの小説があいまいだとおっしゃいますが、あれは主人公にとって妻が他人である、それ以外にもなお他人が出てくるからあいまいだということですか。

**江藤**　あの一ヵ所からは少なくとも歌がわいてくる。

**大江**　そういう言い方こそがぼくにあいまいだと思えますね。

**江藤**　あの小説がどんなに嫌悪感をそそるもので、入りにくい不具な小説であっても、ぼくがあれを最後まで読み通した一つの理由は、あの一ヵ所がどう展開されるかという期待があったからです。要するに二人が絶望し切ればお互いにもっとやさしくなれるのにねという部分、これは非常に大事な契機でしょう。そこに歌が隠されていないはずはない。そのあとをたどって読んでゆく、そういう読み方をぼくはした。

**大江**　それは江藤さんがこの部分についてはきっと何かいうだろうとは思っていたですけどもね。それは江藤さんのテーマでもあるから。

**江藤**　もちろんそうです。

**大江**　いうまでもなくぼくは江藤さんからいろいろなものを学んできた。たとえば人間のアイデンティティという考え方について、あなたの文章から夏目漱石の考え方と江藤さん自身の考え方とを学んだと思いますけれども、もう一つ、ああいう人間相互間のやさしさというふうなものが回復不可能である場合、どのように回復可能となるかというようなことを考えてみることがどこから導かれているかというと、それは江藤さんのエッセイによって導かれたと思っていますけどもね。それだけに、あなたがそういうところだけ飛び石的に読むというのはあまりに恣意的であると思います。

**江藤**　ぼくの感想は個人的なものであっても恣意的ではないつもりです。

**大江**　ぼくにもまたいろんな事実があるつもりです。

**江藤**　もちろんあるでしょう。ところで「本当の事をいおうか」というモティーフがあの小説のなかで繰り返されている。しかしあのモティーフは繰り返されれば繰り返されるほど浮いてくる。

**大江**　そういうふうに意図して書いてあることは自明でしょう。

**江藤**　「本当の事」がいわれたか、素朴な読者はそういうところに対するサスペンスで読むでしょう。鷹四の場合には「本当の事」はインセストというところにゆくわけですね。それをめぐる彼の屈折というところにゆく。今度蜜三郎は「本当の事」はないというところにもっていってしまう。

**大江**　その前に弟のインセストについて、いや、それはそうではないのだといって蜜三郎が否定する、しかしその次の瞬間に彼がそれだけにかかずらわって自殺するということの中間の時間には、それこそが「本当の事」だ、鷹四がイメージとして持ち続けてきたところのことがまさに「本当の事」だったのだと、生き残った者が悟るそういう構造になっています。

**江藤**　「本当の事」というモチーフに含まれた、ダブル・ミーニングが問題なんだ。そこに大きな問題が隠されている。

**大江**　どういうことでしょうか。

**江藤**　少なくとも作者が責任を持ち得る「本当の事」というのは個人的なことでしょう。それを「やさしさ」とあなたはいわれた。これは非常に大事なことだと思う。なぜかというと、絶望した人間同士が「やさしさ」によって生きつづけ得るということがあるとする。もしそういうことがあり得るなら人間は生きていける。そうでなければ死ななければならない。そうでしょう。だけれどあの小説ではその「本当の事」に別の「本当の事」が重ねられて、すりかえられた別の「本当の事」のほうだけがクローズアップされているんです。鷹四のインセストなどは少しも「本当の事」じゃない。あれは贋の「本当の事」です。蜜三郎が「本当の事」はないのだと自覚するということも贋の「本当の事」です。

そうでなくて、あなたが書こうとして書けなかった歌。それは行間から響いてくればいいのだけれど、それに直面しようかすまいか腰が定まらぬままにあなたは小説を書き出している。だから、前半は読みづらいんです。後半はそれを棚上げしたから書きやすくなっただけだ。仮にあなたが「本当の事」に行き当たらなくてもいい。そっちへ傾斜してゆくという精神が見えていればあの小説は新しい意味を持っていたでしょう。なぜなら、やはりわれわれは「本当の事」を知りたいから。おおむねどうやって生きていっていいかわからずにいるから。「本当の事」はこんなものだといって鷹四のようにヴァイオレンスに傾斜していく人間もいるけれど、それはなんにも解決しはしない。

　本当のことがなんだかわからぬまま人が死んでいくということは大変なことなんです。そうである以上は、それならどうして生存し得るかという問題が出てくる。「本当の事」を語るというのを、小説のデザインにしてしまってはいけない。それは蜜三郎や鷹四という名前のつけ方にも関係してくる。ぼくが小説を読むのはやはり「本当の事」を知りたいからだろうと思う。そうして自分を生き続けさせてくれるものを知りたい。

　たとえばぼくは夏目漱石を十何年かやっているけれど、漱石という人には、蜜三郎と菜採子の会話に含まれているようなモティーフを、『万延元年』のあなたとはちがって誠実に執拗に追っていくところがある。たとえばそういう誠実さはあなたのお手本のフォークナーにもある。彼のノーベル文学賞受賞演説を、ぼくは結核で寝ていたとき外国の古雑誌で読んだおぼえがある。彼は、自分はあらゆる人間の悲惨を書いてきたけれども、それによって人の心をリフトアップしようと思ってきたといっていた。いまでもそれがはっきり頭にのこっている。ぼくはフォークナーを完全に理解できるとは思っていない。プリンストンにいたとき少しシステマティックに読もうとしかけたけれども、南部の方言につまずいてそれも思うようにできなかった。しかしリフトアップするということばをぼくは批評を書きはじめる前に読んだ。こういう言葉を吐ける人は何が人を生き続けさせるかを見ているにちがいない。こういう問題についての責任をなにも文学者だけが担わなくてもいい。しかし現在の日本では文学者が相当部分を担わなければならなくなっている。リフトアップという問題になってくると、大江さんの小説がフォークナー的デザインを利用しながら、この問題をぬけ落としているようなかたちでしか書かれていないのが、非常に残念だ。

**大江**　そんなことは小説の全体から間歇的にあなたが選択して好きな歌を聞いたということにすぎない。

**江藤**　人間というものをそんなに馬鹿にしちゃいけません。

## 「永遠」について

**大江**　あなたの言葉に即していえばリフトアップのやり方にもずいぶんある。すべての人間がなんとか生きているように、すべての人間にとってのリフトアップのしかたがあるわけでしょう。

**江藤**　あります。だけどそれはやっぱりゆるしというものを含まなければいけない。もう一つ、罪悪感を感じたり誠実になったりする対象がやはり自分と同じように生き、同じように滅びてゆく人間だったり、あるいは現世のインスティチューション——村であろうが学生運動であろうが政治組織であろうが何でもかまわないけれど——そんなふうにいずれは崩れていってしまうようなものであれば、そこにはリフトアップの契機はない。そこで永遠という問題が出てくる。

**大江**　あなたが求めているのは永遠だったのですか。「また見つかった、なにが？　永遠が！」ということだったのですか。

**江藤**　そういうシニカルな言い方をしちゃいけません。『万延元年』の最初の章であなたは非常に難解なイメージを出した。胡瓜を尻に突っこんで死んだ人を出したでしょう。あれは非常にわかりにくい鬼面人をおどろかす仕掛けです。いろいろな魂胆からあの小説を支持する人でも最後までわからないといっているイメージ。だけど少なくともあなたは死人を出したでしょう。あの死人は只のデザインで、永遠とどうかかわっているか少しもわからない。死というものは永遠への契機じゃないですか。そういう時間はあなたのあまりに文学的な小説の時間のなかにも、作家生活の時間にも流れていない。しかしあなたはそういう時間をとらえなければならないようなところにきている。ぼくは死が永遠をあらわさないとは思わない。

**大江**　ぼくはいま、死が永遠だというふうには考えない。

**江藤**　死でなくてもいいんです。現在を超える時間です。

**大江**　いまあなたのいおうとしていることはよくわかります。もし作家がそういうことをいうのが傲慢でなければ、自分自身をリフトアップする、あるいはほかの人間を一人でもリフトアップすることができれば、作家が生きているということの現実的な意味は尽くされると思います。しかし、そのリフトアップのしかたにはずいぶんいろいろなものがあるのだということをあなたが認められればいいだけです。

**江藤**　もちろんいろんなものがあります。しかしぼくはそういうものを一貫して求めてきている。

**大江**　それはあなたのまさに独自なものでしょう。

**江藤**　そういう問題をできれば同世代の大江君にも考えてもらいたい。

**大江**　あなたがそのようなあなたであるかぎり、それは無理です。

**江藤**　そう突っ張って対抗意識を出してはいけない。そういう種類の問題とちがうんですから。

**大江**　ぼくのやり方でのリフトアップの自由も認めなければ、同じものをぼくからあなたが求めることはできない。

**江藤**　ぼくはあなたの自由を拘束したことは一度もない。それではあなたはどういうふうにリフトアップするのですか。

**大江**　それは単純にいうことはできない。ただいえることは、江藤さんのように永遠などということをいわれては自分として反応しようがない、はっきりわからないということです。いわばぼくは自分を含めて人をどうリフトアップしたらいいかわからないから小説を書いているんです。

**江藤**　永遠ということはわかりませんか。これはことばが重過ぎてちょっと滑稽にも聞こえる。何といったらいいのかな、つまり超えるもの、現世を現在を、われわれの意識の持続を、超えるものですよ。つまり死ぬとするでしょう。それがまったく無意味な暗黒の連続だと考えることもできる。

**大江**　ぼくの感じ方はちょっとちがうんですが。

**江藤**　それはどんなふうにも考えられる。逆にもっと生成発展して、自分が死んでも子供に生き継がれるという意味で生命そのものが無限だと考えることもできる。そういう時間のとらえ方もある。われわれのこの地上での日常的営み、それが決してくだらないことだとは思わない。しかし、これはぼくの特殊な事情かもしれないけれど、われわれの営みを一瞬にして横切りかつ相対化するようなものがあると思いたい。そういう感覚をぼくはいつからか自覚したような気がする。何によってそういうものが大事かというと、やはりぼくに無条件に感動を与えるもの、あるいは感動に導くもの、そういうものには何かそういう時間のくさびが打ち込まれているからです。そうすると、作家が自分を確かめるということだけでは、やっぱりぼくは不満なんだ。『万延元年のフットボール』は、あるいはそこに至る一つの道程かもしれない。大江さんの心のなかにもそういう時間のくさびが打ち込まれるときがくるかもしれない。そういうくさびが打ち込まれるとしたら、その手がかりはどこにあるかというと、さっきもいったように、お互いに絶望したら……という一節にあると思う。あの一節は真実味をもって浮き出ている。

要するにあれがキイノートなんです。鷹四なんていうのは何でもない、要するにドタバタのチャンバラです。最初に出てくる胡瓜を尻に突っこんだ死人、あれは要するにおどかしなんです。そういうもののデザインは実にうまいけれども、デザインだけ書いていたら空虚きわまるものになる。いくら大江さんがぼくにとって関心のある作家であろうが、それだけなら読むに耐えない。しかし、幸いなことに、デザインからぬけ出す糸口があの一節にある。

**大江**　うまいデザインをやろうと思うならば、それはもっと別の読みやすいものだってできるでしょう。ただぼくはそんなことをしないということです。

**江藤**　それはあなたはいろいろな要求を同時に満たそうとするから、そこにいろいろ問題がある。あなたは小説だけ書いていればいいというのでなくて、その中に政治パンフレットへの要求も含めなければならぬのだから……。

**大江**　江藤さんのトランセンダンス〔超越性〕という考え方はまことにオーソドックスな考え方、神さまの伝統のあるヨーロッパ世界のオーソドックスな考え方のようですね。

**江藤**　ヨーロッパだけではないと思う。それは仏教だってかまわない。人はいたるところで死ぬんです。

**大江**　それをかまわないと考えるということは、問題の焦点が飛び越え作業だけにしぼられてトランセンダンスということがあるわけなのでしょう。小説の制作の意識にもトランセンダンス、飛び越え作業があることはおっしゃるとおりなんです。ぼくにもっともはっきり見えているのは、飛び越えなければならぬということそのものです。しかしぼくは江藤さんのように、トランセンダンスすると向こうに永遠がある、というふうには考えたくない。あくまでもトランセンダンスすることを中心に考えたい。

**江藤**　それは考えることではない。トランセンデンスということばはアメリカにもある。エマスンやソロオのトランセンデンタリズムというようなかたちでもあらわれている。だけれども私のいうのはそういう哲学的・思弁的な態度の決定ではないのです。それはほんとうに個人的なことかもしれない。しかしわれわれが暮夜ひそかにほんとうに自己に対面していれば、必ず浮かび上がってくる問題だと思うんです。われわれが死ななければならない人間である以上は。その向こうに何があるか知りません。これを問題にしなければならないのはなにもキリスト教的・ヨーロッパ的なオーソドキシーだけではない。どんな未開なトライブでも何かの理窟をつけなければならぬ。日本人は神道であろうが仏教であろうが、ほかの信仰の人であろうが、信仰のない人であろうが、やはり生を切断し相対化するものとの関係で自分を見るということをしなければならない。そういう瞬間が大江さんにも訪れかけているかもしれない、ぼくがそう読みとったあの一節を見れば、だけれどそれはあなたが考えている以上に大事なことじゃないかと思う。それに比べれば鷹四の行動のごときものも安保闘争の神話化も何でもないような気がする。

それから、まだよく読んでないけれども、あなたは、今度の「新潮」〔一九六七年十一月号〕に短篇小説〔「走れ、走りつづけよ」〕を書いていて、狂気という問題を扱っている。狂気は『万延元年のフットボール』にも出てくるけれども、そういうことも実は何でもないことなんです。それは要するに世間のつきあいみたいなことなんです。そうでなくて、そういうものをすべて含んで相対化してしまうものがある。漱石などはそのことを考えていて、「則天去私」でなにも悟ったわけではないけれども、最後の詩、『明暗』を書いていたとき大正五年十一月につくった詩には、その片鱗を語っている。「眼耳双忘身亦失。空中独唱白雲吟」ああいうのだってそういうことなんです。身を失うということをいっている。

もう一つ、ぼくはこのあいだロンドンに行って、『坊っちゃん』に出てくるターナーという絵かきのものを三百点ばかり見て歩いた。ターナーの絵の変わり方を、そのまま現代の日本文学に類推するのはそれこそ恣意的かもしれないけれども、ちょっと大江君に似ているところがある。はじめは非常にアカデミックな画法で暗い絵を描いている。

それがイタリアに行ってからだんだん明るくなって、アンフォルメルになって来るのです。最後は何か物象が光にとけてしまったようなものになって、その光のなかに暗い影があるようなものになってくる。ある意味では外界の消滅という拡散です。

ただターナーのほうがちょっと大江さんより偉いと思うところはどこかというと、精神の傾斜が非常にはっきりしていて、わからないところがない。内面の必然性がありありとわかる。ぼくは異国人であるし、ちがう文化伝統で育てられているのだが直截にわかるのだ。彼は非常にペシミスティックな人なんでしょう。外界はどんどん消えてゆく。ところがモネみたいに外界を分析した結果消えたのではない。彼の渇仰である光を求めた代償に外界が消えたのだ。そしてそれにもかかわらず最後までアイロニカルな影をひきずっている。これは非常に感動的なことなんだね。その影もまた拡散するかのころに死ぬんです。晩年の作品は展覧会に一度も出していない。ターナーは天才少年で同年輩のコンスタブルがロイヤル・アカデミイに初入選したときにはもうアカデミイ正会員になって産をなしていた。そういう画壇的地位のためにターナーの絵はよほど素っ頓狂なことをしても排斥されずに展覧会に出せたのですが、にもかかわらずターナーはついに晩年の作品を一度もエキジビットしなかった。たまたまきのう大江さんの旧作を読み返していて、ターナーのことを考えた。大江さんは現代日本の小説家だからもちろんターナーとはちがうけれど、それにつけても永遠の問題をどうしてもきょうは話したかった。

**大江**　あのターナーが死ぬときにいたって、彼の絵画がそういうふうになっているということは、それ自体では非常に感動的な話だなあ。

**江藤**　ぼくはターナーの才もないし小説家でもない。ぼくの表現し得るものがどんなふうになるか予測もつかないし、第一いつまで生きるかわからない。しかしターナーは面白かった。やはり永遠を見たんでしょう。ぼくは学生時代結核患者で療養ばかりしていたせいかもしれないが、永遠という問題を等閑視できない。

## 現代人の絶望と救済

**大江**　ぼくもまた、ひとつ永遠について考えたことはあります。それは単純な話で笑われるかもしれないけれども、江藤さんの感じ方とぼくとどうちがうかということを示すために話します。

渡辺照宏氏の『お経の話』という本を読むと、それに「雪山偈（せっせんげ）」という帝釈天が与えた知恵の話がある。それは有名な話ですが、雪山すなわちヒマラヤ山中に閉じこもって修行しているシャーキャムニ仏の前身のところへ鬼が出てきて、諸行無常、是生滅法と、いわゆる「いろはにほへどちりぬるをわがよたれぞつねならむ」という。エリオットではないがすべては虚無のまた虚無だという。そしてそのあとに続く二句があるという。それを修行しているところの雪山童子、やがて生まれ変わってお釈迦さまになる人が聞いて、次の二句を聞かしてくれれば鬼に食われてもいいと思う。そこで次のことばを聞かしてくれた。それは虚無のあとに平安があるとでもいうことのようです。生滅滅已、寂滅為楽、いわゆる「うゐのおくやまけふこえてあさきゆめみじゑひもせず」というわけですね。それを聞いたので、深淵に身を投じて死のうとしたところを帝釈天にもどった鬼に救われたという「涅槃経」の説話、それをぼくは子供のときにお坊さんに聞かされたし、学校の教科書ですら読んだ。しかしそれはぼくにとって根本的に理解できないものだった。こういう悟りなどというもののためにほんとうに人間は死ぬものだろうか、鬼に食われてもいいと思うものだろうか。ぼくはそう思うことはできない。自分はこれでは満足して鬼に食われることはできないだろうと思って非常に気がかりだった。

それが最近『お経の話』で再びそれにめぐりあって考えたことは、平凡なことなんだけれども、こういうことです。あの雪山の修行者は最初の二句を聞いて絶望したのだと思う。鬼が出てきて、実は現実世界は空の空だ、虚無なのだといったのを聞いて、やけくそに絶望して、どうすることもできないほどの最も恐ろしいものを見てしまった。だからもう彼は地獄にいると同じで、その状態からいくらかでも救済されることがあれば自分の肉体を全部鬼にやってもいい、次の二句を聞きたいという暗黒の苦しみを与えられたのだと思う。だからそれを聞いてなんとか安心して飛び込んだのだろう。だからあとの二句は彼にとってたしかに救いでしょうけれども、もっとも重要なのは、最初の二句の与えた重い絶望感である。それはわれわれにとって共通の暗黒地獄をあらわす。それを飛び越えないと生きていけない。そういう恐ろしいものから救いに向かって否応なく押し出される、それが「雪山偈」だと納得した。

ぼくら小説家の場合でもそうで、小説を書くことは、結局生きて現実生活で何もできないということをつくづく知り尽くしているわけだけれども、しかもなお暮夜ひそかに生きて考えていると、暗黒というか絶望感がだんだん強くなってくる。それを飛び越えないと生きていけない。そこで飛び越えようとする手がかりがぼくにとっては、小説なんです。だから飛び越える前には小説を書いたあとで何ができ上がるかわかりはしない。

しかし江藤さんの場合には永遠というものが見えるわけですね。

**江藤**　見えやしませんけどもね。「あさきゆめみしゑひもせず」の前の部分「いろはにほへどちりぬるを」に対する絶望は、それはしょっちゅうやってくる。だから飛び越えなければならぬと思うときに、なにもメサイヤ・コンプレックスではないけれども、自分だけ飛び越えてもだめなんです。自分が飛び越えることが他人が飛び越えることにならなければだめなんです。そこでやさしさという問題が出てくる。そこで他者という問題がまた出てくるんですよ。

**大江**　しかし作家の場合はそれを企画することはできない、自分が飛ぶんです。

**江藤**　作家としてということではないんです。『万延元年のフットボール』についていえば、あれは作家として解決されている部分が多過ぎる。作家として解決されている部分については何とでも言えます。だけれどあなたもぼくもただの人間でもある。なにも大江さんにお釈迦さまになってくれ、鬼になってくれとはいわない。しかし作家としての職業的配慮を超える問題があると思う。

小説を書いて自分を救うということは、それが世間に認められるという次元にとどまる話なら要するに一種の悪循環だと思う。小説とか文学とかいうものはそれほど大したものじゃない。それだけで人を救えはしない。ほんとうにリフトアップする小説は、そういう限界を知った人の書いた小説でしょう。自分を救うとともに自分の傍にいる者を救うことにならなければいけない。

**大江**　自分自身の救済に向かって突進してゆくことがやがてはほかの人を救うことにつながると信じることは、あるいはできるでしょう。しかしほかの人間の救済をあらかじめ企画することは宗教家の仕事で小説家としてはできない。

**江藤**　それはそうだけれどぼくのいいたいことはちょっとちがう。

**大江**　しかしそれは非常に重要なことだ。

**江藤**　宗教家の仕事だというふうに規定してはいけない。作家にできなくてもいい。作家にはおそらくできないでしょう。

**大江**　たとえば漱石ですが、彼は自分の救済について考えたでしょうけれども、自分の周囲の者を救済するために書いたのでしたか。

**江藤**　そうじゃなくて、作家にとってできないというい方では漱石はおそらくこのことを考えなかったと思うんです。やはり漱石という人がぼくにとって意味があるのは、作家として考えている部分よりも、一個の見捨てられた人間として考えている部分が多いからです。
　ぼくはほんとうは作家というものを大して信用してない。作家というのは職業だから、職業についてのいろんな事情がある。ぼくは批評家だけれど批評家もあまり信用していない。批評家が批評家として語っていることはだいたいある種の物差しがあれば割り切れてしまう。にもかかわらず作家にも批評家にも人間として語らなければならないことがある。本物なら必ずどこかで言ってしまうことがある。どんな拙劣な不充分な表現でも言ってしまう。そして自分でそのことにおどろいてそれを十全に表現すべく修練したものを賭けるというようなことがある。そういうものだけを信じる。それを漱石はやったと思う。『道草』でも、あんなムラのある小説はない。あるところは繰り返しの連続であるところはすばらしいというふうに。『明暗』でもそうです。それは大事なことだが、今日ちょっと見失われていると思う。大江さんにだけ失われているというのでなくて、一般に。しかしわれわれはまず人間として生きている。そのことがまず大事だと思う。

**大江**　人間としての江藤さんは自分の内部を誠実に見ている人だと思うけれども、他人の内部についてはあまり誠実に見ないと思いますね。

**江藤**　そうは思っていない。

**大江**　しかし他人ということにはあなたは本当は興味がないのじゃないかな。

**江藤**　そんなことはない。興味がないのじゃない。誠実に見ているのです。誠実に見ているのが他人だからずれるのです。自分の自分についてのイメイジと、他人の自分についてのイメイジはつねにずれるものです。だからフリクションが起こる。しかしそれは業だと思って引き受けている。それが誠実な行為だと思っていなければなにも自分の思ったことを率直に言ったりはしません。世俗的にいえばそうしていることになにも得なことはない。人に好まれるようなことをいっていたほうが世渡りはうまく行くに決まっている。だけれど結局勝つものは、そういう気のつかい方ではなくて、ほんとうに赤裸の人間に戻ったときの言葉じゃないかという気がする。

## 羽田事件と日本の荒廃

**江藤**　ところできのう〔一九六七年十月八日〕の羽田の問題にはショックを受けた。学生が一人死んだ。いろいろな理由があるでしょう。ぼくはよくわからないけれども事件の全体に非常な荒廃を感じた。そしてこの荒廃はいけないと思った。これには政治的な理由は何もない。同じ荒廃が、見ていると、ここ一、二年文学の世界にも瀰漫（びまん）しているような気がする。それはやはり作家が作家としてしか考えなくなり、批評家が批評家としてしか考えなくなっているというようなところがあるからじゃないかと思う。そういうものはつまらない。それは三ヵ月か半年くらい人の目をそばだたせることはできるけれども、三年そばだたせることはすでにできない。それはやっぱり何か今日の文学の営為が人間的な要求とちょっとずれているからだろうと思う。ぼくはそれがいちばん心配です。

**大江**　いまおっしゃったときのうの事件について、ぼくも非常に衝撃を受けた、やはり荒廃を感じた。そしてそのことを文章に書こうと思っているんですが、どこがもっとも荒廃しているかというと、やはり日本の政治が荒廃していると思います。

**江藤**　それもある。

**大江**　いまいったように作家の世界における荒廃、政治家の世界における荒廃、学生の生活における荒廃がある。こういう古証文をもち出すと嫌われるけれども、日韓条約が成立したとき、日本はこれからだんだん道徳的にもひどくなってゆくだろうということを「週刊朝日」〔一九六五年十一月二十六日号〕にぼくは書いた〔「恐ろしきもの走る」〕。

ぼくが今度の事件を見て感じるのは、佐藤〔首相〕という人がまったくこの事件に対して人間的な感情を動かされない、ショックを受けないということです。

結局佐藤という人は非常に鈍感な人間だ。一個の死体を通じてすらも学生と政治家との間に意思の疎通が行われないということはまさに荒廃そのものだと思う。もしいま佐藤がベトナム訪問をやめて引き返してくるというようなことでもあれば少しはコースがちがってくるかもしれないけれども、そうでなければ、われわれの政治家のほうはどんどんいまのコースに進んでゆくであろうし、学生はそれに対処して同じようにどんどん荒廃した対決に向かって駆けざるを得ない。一九七〇年は非常に血なまぐさいことになるだろう。そういうときにぼくら一般の知識人も、もうそろそろ無疵で引き退ることはできないような状態になってゆくだろう。それはわれわれ自身もまた荒廃せざるを得ないからだ、そういう状態だと思います。

**江藤**　そういうときに誰が悪いと順位をつけてもはじまらない。問題はもっと大きくて深い。

**大江**　誰がもっとも悪いかということは、この悪傾向のイニシアティヴをとっているのは誰か、というふうに考えてみるべきでしょう。日韓会談以後、民衆と政治家ということでは、たしかに政治家のほうがより荒廃に向かってイニシアティヴをとって駆けていっている。

## 外圧にどう対処すべきか

**江藤**　もちろん荒廃させる要素はいっぱいあるでしょう。政治家も荒廃しているし、われわれも学生も荒廃している。だけど、そうなると日本という国の運命のことを考えなければならない。学生に見えていないのは、まず日本が負けたという事実なんです。負けたということは象徴的なことだからいうのだけれど、外側の圧力ということ。外側の圧力があって、それに対処するために明治以来ずっとやってきている。荒廃現象はこの間に常に起こっていて、いまにはじまったことでも何でもない。明治二十年代の初頭も起こっている。第一回帝国議会が解散されたあと、ぼくの縁続きの者が、佐賀の田舎侍だけれども自由民権だといって、毎晩抜き身をひっさげて人を斬りに行く、品川弥二郎の選挙干渉に対抗するためだと称してね。それだって荒廃です。何だかわけがわからなくてぐるぐるやっている。伊藤博文も山県有朋も大隈重信もおおむね何だかよくわからないで、ただ外圧の下であえぎながらぐるぐるやっている。

だけどそのなかで、これは荒廃だと思っていた人々が少しいた。そのおかげで、われわれは文化的にいままで何とかもってきている。だから荒廃だと思う認識を堅持していることが大事なことで、時流がどう動くかということはぼくの力をこえている。七〇年に何が起こるか起こらないかぼくにはわからない。あなたのようにはっきりしたことは言えないけれども、日本という国は悲しい国だとは思っている。外側の圧力があってやりたくてできないことがいっぱいある。ペルリの黒船で開かれ、マッカーサーのミズリー号が第二の開国で、それから起こった帰結が口惜しいと思っているのは学生だけではない。ぼくらだってそうで、いろいろなことを思っている。政治家も警官もそれぞれ、みな思っているでしょう。だけどそうして外側から頭をおさえられているためにやみくもに経済成長もエコノミック・アニマルになるまでやらなければならない。やっているうちに荒廃してゆくのです。作家だってエコノミック・アニマルになりかねない状態でしょう。批評家もそうだ。われわれがほんとうにコミットするということは、そういうことをはっきり見ることだと思う。そういうことをはっきり見て、それを自分の良心のおもむくように何とか表現しておくことだと思う。そういう人間がいたから日本はいままでもってきた。これからももたせるためにはそういうふうにしなければならない。大江さんはちがう意見がおありかもしれないけれども、ぼくはこの状態にいる以上そのなかで多少ましだから、どっちの党派をとるとか、こっちだということは、ぼく自身が文筆の道を選んだ以上、言わない。要するに五十歩百歩だ。

## 学生のデモをめぐって

**大江**　ぼくは、日本人みなが荒廃したといいますけれども、しかし中では学生がいちばん荒廃していないと思っています。学生の指導部で最先端にいる人たち何人かはかなり荒廃したところを持っているかもしれない。しかしそれだって共産党の指導部や社会党の指導部よりは荒廃していないと思う。とにかく一般の学生は十八か十九ぐらいなのであって、荒廃も何もない。

**江藤**　そういうことはぼくは信じない。

**大江**　十八か十九の学生がデモンストレーションに来るということは、根源的なナイーヴな感情からきているのでしょう。

**江藤**　感情の論理で物事が行われ得ると考えるのがすでに荒廃の徴候でしょう。ぼくはそういう甘っちょろい判断に同情しない。

**大江**　彼らはまた大きい不安感をもってやってくる。そしてデモ隊のいちばん過激なところに入りこんでゆく瞬間に、それこそ彼ら独自の飛び越えがあると思うんです。たとえば死んだ青年がどうしてそこへ行かなければいけないか。そこへ行き、そして警視庁の発表によれば自分たちの仲間が運転する車に逃げおくれて轢かれて死んでしまった。その死を賭した飛び越えによってデモンストレーションをしている青年の、〔佐藤首相の〕ベトナム訪問反対の声、それが絶対に政治の担当者につながってゆかない。

**江藤**　つながるわけがない。なぜなら愚か過ぎるから。

**大江**　どちらが。

**江藤**　もちろん学生の行動が愚か過ぎます。

**大江**　そんなことはない。

**江藤**　思うて学ばざればすなわち危うしということがある。

**大江**　それを愚かさというなら、ぼくは江藤さんが誇っている賢さよりも、むしろ愚かさに与したい。

**江藤**　あなたはアジテーションをやっている。そんなことをいって学生を甘やかしてはいけません。そこでまた社会も個人もないということが出てくるのです。個人というものは世界と優につり合うと見なければならない。その個人をなぜそんなに無駄にするか。しかし何であんなことで死ぬ覚悟で角材をふりまわしに行くのですか。

**大江**　死ぬ覚悟で行ったわけではありません。

**江藤**　それなら命を大事にしなければいけない。自分の命を大切にしない人間が何で国家のことを真剣に考えられますか。

**大江**　死んだ青年だって、彼は自分の命を大切にしていたにちがいない。そういう人間が死んだのだ。したがって自分の命を大切に思うと同じようにその死んだ男の声を他人が聞き届けなければ政治社会というものは成立しない。

**江藤**　それはセンチメンタルな議論でしょう。あなたがそういって学生に迎合するのは大変危険だ。

**大江**　しかしまったくその声を佐藤は聞くことがない。

**江藤**　その声を佐藤首相が聞かないとあなたはなぜ断定できるのですか。

**大江**　旅行先で言明しました。

**江藤**　ぼくもけさの新聞で読んできましたけれども、聞いていないとは思わなかった。それは功利的な理由からいっても聞きますよ。しかも政治家が功利的な理由だけで動いていると断定するのは、文学者としたら落第です。そんなバカなことはない。敵を馬鹿に仕立てて戦ができますか。スタンダールはそんな人間観で「リュシアン・ルーヴェン」を書きはしなかった。いったい佐藤総理大臣がどこへ行くからといって、棒っ切れをふりまわしてガアガアやることがありますか。日本の運命を学生はどのくらい学んでいるのですか。彼らは学ぶことを本分としている。どうして学ぶことで視野を少しでも広げてより効果的に運動を展開しようとしないのですか。

**大江**　どういう方法がありますか。

**江藤**　自分たちでもっと勉強してさがしたらいいでしょう。そのために大学に行っているのだから。さっきいったように、荒廃ぶりを誠実に記録することが文学者の使命だしコミットメントだと思っている。あなたは言ったでしょう。安保の最中に、作家はむしろ一人のデマゴーグとなって動かなければならないといった。ぼくは反対です。ぼくは何が起こっても、自分の眼に見えたものを、自分のキャパシティーの範囲において正確に証言することが大事だと思っている。

## 文学者は政治にどうコミットするか

**大江**　あなたとぼくは安保のときにだいたい一緒にいた。結局あなたはハガティー事件を新聞社の車で見に行くまでは一応安保反対の人たちと行動をともにしていたでしょう。そしてあなたは、デモンストレーションを一つ見て、これは混乱だ、モッブだと思って批判の側に移った。そういうことはもちろんあなたの自由です。しかし学生たちがほかに方法がないと考えて羽田にデモンストレーションをする、そして自分たちが奪った車で轢き殺されるようなみじめな死に方をする、そういう人間に対してもまた、あなたや保守政治家は想像力を働かさなければいけない。

**江藤**　もちろん充分な想像力を働かして愚かだと思う。だいたいあなたは安保のとき大部分日本にいなかったから、セカンド・ハンド・インフォメーションで事件を理想化している。そのことは『万延元年』にもあらわれている。しかしそういうときには日本にいてくれなければいけない。そして北京から放送するのではなくて東京で自分の眼で見ていただかなければならない。ぼくはだから大江さんの安保に対する意見はいつも多少割引きして聞くことにしている。

**大江**　あなたがたとえば愚かしいとかなんとかいって非難しても、あの学生たちがデモンストレーションに行き、一人が殺されたところをまた確実に見きわめて、その人間の死のもつ意味合いを考えてやる想像力というか、やさしさとかをもたなければ、あなたの現実を見きわめる眼などというものは何の意味ももたない。

**江藤**　そうじゃない。一人の人間の生活というものを厳格に考えていれば、あんなことができるはずはない。

**大江**　あなたみたいに書斎にいて、ただショックを受けている態度だけが賢明なんですか。

**江藤**　賢明かどうかは知らない。それが充分なコミットメントだ思っている。

**大江**　あなたみたいに書斎にいて、ただショックを受けたといっているだけでは現実的にしようがないでしょう。佐藤がベトナムに行く意味合いを学生たちは充分に考えてないとあなたは思っていらっしゃるようだけれど、ぼくはそうは思いません。

**江藤**　しかしどうして学生だけが佐藤首相がベトナムに行くことの意味合いを完全に見

きわめていて、あなたやぼくがそうではないと主張できるのですか。彼らもまた不完全なインフォメーションとイデオロギー的独断しかもっていないでしょう。日本という国家が過去百年の間、どんなふうにあっちへ行ったりこっちへ行ったりしてよろめきながら生きのびてきたかということを自分の頭で考えているのですか？　彼らにどんな具体的なプログラムがあるというのですか。

あなたが安保のとき毛沢東と握手をして感激していた頃、ぼくはあらゆる実証的方法を用いて、社会党にも自民党反主流派にも接触したし、現場にも行ってみたし、いろいろなことをした。そして、いたるところでいわゆる反体制派のディグニティーのなさに驚いた。何もありはしない。社会党大会は茶番だった。学生はお互いにいがみあっていた。何もないから、ハガティー事件のときに社会党議員団は抗議文を持ってうろうろしていた。事態を直視しようともせずに。あそこに自衛隊を介入させたらどうするのですか。

**大江**　あなたは、学生は一般の日常生活の単位を大切にしろというお考えらしいけれども、ここに一人の学生がいて、その日常生活に不安をもつためにデモンストレーションに行く、そうしてそこで死ぬ、その実態をまず確実に見きわめることが必要なんじゃないですか。

**江藤**　そこでまた問題が起こる。死者の権威を政治的に利用してはいけない。あなたの鷹四という人物を例にとってみましょうか。鷹四というのは非常に政治的にヒロイックな行動者たらんとしている。しかし鷹四をそうさせているモティヴェーションは何ですか。政治とは関係のない個人的記憶の不安じゃないか。そういうことのわかっているあなたが、政治問題についてそういうことを安易にいってはいけない。

**大江**　安易かどうかどうしてわかるのですか。

**江藤**　彼ら学生は国家の指導層たるべき責任を持っている。そのために学生は学問をすることを許されている。同年輩の警官がそれを許されていないにもかかわらず、学問をしているからこそ、人に代わってより広い視野をもって国の将来を担う責任を託されている。しかも彼らは修業中の人間じゃないですか。修業中の彼らの判断がまったく全面的に正しくて、そうでない人間の判断がまったく全面的に間違っているという議論の根拠はどこにあるのですか。

**大江**　そうはいわない。

**江藤**　そのことをまずきわめなければいけない。感情の論理が正しさを持つのは抒情詩の世界での話です。詩の世界で、表現が充分な客観性と堅さを持っていれば感情の論理も認められるでしょう。しかし政治過程というのはそういうものじゃない。ヴィジョンと何にもまして忍耐力の世界です。そういう場所に感情の論理をぶちつけて、その結果悲惨な出来事があったからといって、自分の現実認識の欠陥を反省しようともせずに、佐藤がジャカルタでというのは間違っている。認識の問題として間違っている。それこそ荒廃じゃありませんか。

**大江**　あなたは学生に対する想像力を働かさなければならないと思いますね。

**江藤**　学生に対してどんなに想像力を働かしても、学生は学生であることに責任を負っていると思う。

**大江**　そんな頭ごなしなことをいわないで、自分自身が学生であったときのことを思い出したらどうですか。ぼくは、学生でいた間、自分があなたがおっしゃるような学生像であったということはできない。あなただってそうでしょう。あなたは学問だけをやっていましたか。

**江藤**　ぼくは学問をしていました。

**大江**　あなたがそのようにいうのじゃ、ぼくには何もいうことはない。

**江藤**　学問をしている時間より療養している時間のほうが長かったけれども。バラックの一室で毎日天井を眺めて寝ていた。

## 外国文学の受け入れかた・昔と今

**編集者**　最後にお二人から日本文学をふまえて外国文学をどうとり入れるかというような問題でお話ししていただけたらと思いますが。

**江藤**　どうぞ。

**大江**　江藤さんがまずしゃべってくれないとぼくはハッスルしません。(笑)

**江藤**　たまにはいいじゃないですか。

**大江**　江藤さんのいわれたターナーの話は本当におもしろい意見ですが、漱石についての最近の総括、外国文学と日本文学とのかかわり合いについてのそれを話して下さいよ。

**江藤**　漱石がロンドンでノイローゼになったことは周知の事実です。しかし漱石が二年半の間に何を体験したのかということについては一度も論じられてなかったということに気がついた。ぼくは、漱石がなぜノイローゼになったかという理由は、巷でささやかれていたように英語がよくできなかったとかいうようなことでなくて、一つはお金が足りなかったことと関係があると思う。文部省の留学費用は今日に至るまで少ない。大変だったろうと思うけれども、もう一つは漱石は英国の社会がわかりすぎたのでノイローゼになったのじゃないかという気がしました。

つまり英国人とコミュニケーションができないから疲れたのではなくて、いちいちピンピンきたからかもしれない。もちろん医学的・体質的なこともあったでしょう。そうすると、たとえば『明暗』という小説を読んでいますと、なぜあんなふうに書けたのかよくわからない。これはブッキッシュな知識だけでは書けない。あすこに小林という不遇なジャーナリストが出てきて、一方に吉川夫人というブルジョアの夫人が出てくる、もう一方、経済的には多少虚栄的な生活をしなければならない津田夫婦というのも出てくる。こういう社会階層の配置が大正時代初期にはっきりあったのかどうかわからない。今日に比べれば多少そうであったろうと思われるけれども、しかしそれがあんなにはっきり書けているということはちょっとおかしい。

ぼくの推測では、漱石は二年半のロンドンで体験したロンドンの社会構造を大正五年の日本に投影して大正五年のほうから書いているのだと思う。漱石はいわば可能的に日本の現実に含まれていることとの、その極限をロンドンで見てきたのじゃないかという気がする。たとえば『こゝろ』が書かれたのは大正三年です。大正元年八月に明治天皇の御大葬があった。しかし同時に漱石は一九〇〇年、明治三十三年にロンドンに行ったとき、イギリスがいちばん隆盛をきわめたヴィクトリア朝の終焉を見ている。彼はハイドパークの角でヴィクトリア女皇の御葬列が通るのを見ている。そうして一つの時代の終焉はどういうものかということをはっきり見ている。その体験がなければ『こゝろ』に大正三年という時期にあれだけの造型感をもって終末感が出てくるはずはないという気がする。

そういうことを考えると、漱石の小説をたとえばメレディスとかジェーン・オースチンとかとの関係だけで考えるのは短見であって、漱石自身が二年半の間に吸収したイギリスの現実生活がずいぶん後の彼のいろいろなものを支えているのじゃないか。

それからラファエロ前派の絵の感じ、典型的なのはロセッティとかバーン・ジョーンズというような人々の作品ですけれども、実は漱石の初版本の装幀を見ると、ラファエロ前派的なものが多い。『猫』の顔からそうなんです。あれはすでにロセッティとかバーン・ジョーンズとかいうものの筆法で、つまり世紀末の感覚的な印象がロンドン時代の漱石にずいぶん入っていて、それがちょうど明治時代の終焉というか日露戦争以後の時期に作家活動を開始した漱石の作品を相当支配していないか。たとえば『虞美人草』の紫の女、あれは、ロセッティの「プロセルピーヌ」という絵にほんとによく似ている。そういうものがずいぶん入っていたように思う。

漱石と比べると、だんだん時代を追うにしたがって西洋文学の日本に対する翻訳的浸透力が増している。そして今日はほんとにいろいろな意味で自由化しているわけですが、そういう自分の露出させ方というものは逆に減っているのじゃないか。たとえば学生でもよくいわれることだけれども、戦前の高等学校教育を受けた人たち、あるいは大学予科で語学教育を受けた人たちの語学の実力と、われわれが一番はじめかもしれないけれども戦後の学生諸君のそれは、特殊な人、現在われわれに与えられているあらゆる条件を活用している人は別として、全体として今日のほうが相当下がっているでしょう。そういう点で外国文学に対する接触のしかたは、だんだん間にフォーム・ラバーが入ったりするような格好になって、むしろ切実でなくなっている感じがする。逆にいえば、日本文学が翻訳されて海外に紹介されるという現象が出ているけれども。

**大江**　それはぼくに対する批判のことばでもあるだろうけども、新しい漱石論をいま江藤さんからきいて、あらためて啓示されたわけですが、ぼくが少し知っている二葉亭四迷の場合なども、二葉亭という人はちょっと外国にいたけれども、文学活動をしている間は外国をブッキッシュにしか知らなかった。そういう人間でも、日本の旧文壇、古い文学伝統のなかに新しい文学を切り開こうとすると、あたかも外国での実体験に根ざすようないろいろな葛藤があったわけですね。二葉亭が明治四十一年にほとんど死にに行くような形で外国へ出発していったについては、やはりブッキッシュなものでなく、ほんとうに自分とヨーロッパとの間の裂け目を体験しなければならないという文学的と同時に人間的な欲求もまたあったのだろうと思うんです。

漱石の場合についても、たしかにぼくも薄々そういう疑いを持っていたけれども、漱石のようによく勉強のできる人がロンドンでなぜコミュニケーションがうまくいかなかったのだろうか。同時代に外国へ行っていたもっと外国語のできぬ人でもうまくいったのに……、そういうふうに考えると、漱石の場合、ほんとうに英国社会を理解しうるためにかえって古い日本との裂け目が深くなっていったことは確実だろうと思います。われわれはどうか。漱石から五十何年たって外国文学をやり小説を書きはじめた人間にとって外国文学はどうかというと……。

**江藤**　かれこれ七十年たっている。

**大江**　そう。ぼくは戦争が終わったとき、はじめて、外国人と日本人との間の裂け目を見たと信じているわけです。最初にわれわれの村にやってきたアメリカ人の兵隊がまったく日本のことばを知らない、そしてこっちだけが持っている恐怖感、それが外国との触れ合いの最初です。そのぼくがなぜフランス文学をやったかというと、渡辺一夫さんの本とかいろいろな理由があったけれども、結局一つの大きな要因は英米文学をできるだけ避けようという気持がぼくに深くあったわけです。あの当時ぼくはほとんど英米文学を読まなかった。それはアメリカ的なものにあまりにも深く子供のときから浸透されたという感じがあるから、それに対して第三者としてのフランス文学を発見したいという気持があったわけです。

ぼくがあまりコンプレックスなしにアメリカ文学を読むことができるようになったのは、一応フランス語でフランス文学を読みはじめてからあとだった。しかしいったん読みはじめるとアメリカ文学のほうにぼくにとって本当に近いいろいろな作家がいる。それもまたぼくがいまいったことで説明されていると思うんです。しかし自分がたとえばアメリカ文学を読むことによって江藤さんがいうところの漱石を神経衰弱にするような深い裂け目におちこんでいるかというと、どうもそれは疑わしい。フォーム・ラバーで保護されているような感じがする。だからといって裂け目におちこんでいないわけではない。

**江藤**　そこが大事な問題だと思うんです。ぼくも心理的抵抗感があった。ぼくは英文でイギリスをやったんですけれども、大江さんよりその屈折がもうちょっと細かかったような気がする。ぼくは高等学校時代は仏文にゆこうと思っていた。大学に入ったときも仏文にゆこうと思っていた。それは大江さんのいわれるのと同じ理由からです。

もちろん高等学校もぼくは都会の高等学校だから、イングリッシュ・スピーキング・クラブなどというのがあって、そこへアメリカの篤志看護婦みたいなのが教えに来る。ぼくはクラブに入っていなかったけれど英語の時間にこの人と顔を合わせた。そして、学校中、校長以下を混乱させるようなことをやっちゃった。いまでも覚えているけれども、ミス・Sというとても感じのいい女性、といってもオールド・ミスが教えに来た。ぼくはそれまで一度もアメリカ人と接触したことはなかったし、腐ってもいやだと思っていた。だけど教室に来るのだからしようがない。そのときに文明論をぶっちゃった。実に不完全な英語で、アメリカはあたかもローマ帝国のごときものである、管理能力はあるかもしれないけれども文化はないとかなんとかしゃべった。そのときのミス・Sというアメリカ婦人は、あとで考えてぼくが自分を恥ずかしく思ったくらい非常に態度がよかった。そういう議論がわかるはずはなくて困ったようでした。だけど東洋人の子供が下手な英語で何か言っているのに対して一所懸命わかろうと努力していた。

そのあと、ある英語の先生から、多少英語がしゃべれると思って鼻にかけて勝手なことをしゃべるやつがいると皮肉をいわれて、全校集合させられたところで非難された。そういうばかなことがあった。もっともこの先生には結核で落第して復学してから大変お世話になった。お前は栄養不良だからといってウナギ屋につれて行ってくれた。だから英語は多少できたけれども英文はいやだった。むしろ仏文へゆこうと思ったんです。ところが大学の一年のときだったか、ラテン語の先生でもある若い英語の先生が、英文学もそう捨てたものじゃないといわれたので、アメリカ文学はいやだけれども英文学ならいいだろうと思って英文にいった。だけどアメリカへ行くまではほんとうにぼくはアメリカ人とつきあわなかった。

アメリカへ行ってみて、向こうから見ていると、日本の現在の外国文学の紹介のされ方とか、外国文学についての議論とかいうものが、全部とはいわないけれど相当程度おかしなものだということを痛感しましたね。同時に、非常にハイカラだと思って書いているような日本の作家の作品、つまり一種のインターナショナルな、裂け目のなさを前提にして書いているような作品に対して当惑を禁じ得なかった。現にアメリカへ行ってから数ヵ月間向こうで文芸時評をやらされたので、そういうことを二、三書いたことがある。この感覚はいまだに消えない。そういう裂け目がなくて、つまり漱石をしてノイローゼにせめしたごとき裂け目がないかのように書いているものに対してはどうも信用しきれないところがある。

それは結局チューインガムと同じだと思う。あれをなぜ嚙んだか。このごろは嚙みはしませんけれども、あのころ嚙んだということは、これは裂け目がないという幻想を与えてくれるものだから嚙んだんです。しかしいくらこんなことをいってもだめでしょう。同じことがしょっちゅう繰り返されるでしょう。だけれども、そこからは何も出てこない。それは実に低次元のスノビズムだから。しかもこれははっきりいえば明治十年から十一年にかけて輸入されたハーバード・スペンサーの社会進化論を無意識に信奉しているところから出てくるスノビズムなんです。現在のライシャワーの近代化論に至るまで、われわれの無意識の価値基準を決定しているものの上でやっている。そんな簡単なことなら漱石は苦労しなくて済んだ。鷗外も、荷風も苦労しないですんだはずです。そういうものをまったく無視した議論は信用しません。

## 外国人に対する二つの態度

**大江**　ぼくは少しだけれども外国旅行をしたり、外国文学を直接に読んできたりして、結局ぼくの小説は外国文学の影響を深く受けているのですが、その体験でいえば、外国人に対する態度が二つあると思う。外国人とよく触れ合うことによって外国人と自分とを意識的に同化しようとする考え方の人と、逆に外国人とつきあい外国を知ることによって外国人と自分との間の抵抗感をなお確実に見きわめてゆく人間との二つあると思うのです。そして作家は後者でなければならぬと思う。どちらが道徳的に正しいかとかみっともいいかということでいっているのでなくて、たとえば外国人に同化しようとした人間で、外国に行ったまま何十年も帰らないで、とうとうマドリッドで交通事故で死んだ絵かきのことが最近の新聞に出ていた、そういう人にはその人なりのアイデンティティがある。そういう人間については特別な衝撃を受けるけれど、作家の場合は、外国文学を学び外国人と接することによって外国と自分との抵抗感、ちがい、裂け目、それを見つめることによって文学者になり得るわけだと思います。

ぼくは外国文学を読むとき影響を受けやすいけれども、それは英語なら英語の文章を読むことがきわめて喚起的なわけです。ある外国語がある。たとえばターン・オーバーという言葉を裏返しと翻訳するときの知的な活動は重要なものだということを、外国の教師にいわれて、ぼくはいまもなおそれを信じている。外国語のスタイルを読むことによって日本語のスタイルを喚起される——といっても誰も信じないのですけれども、ぼくはそう思っています。翻訳の文体によって影響されるのだと江藤さんはアメリカでの演説でぼくについていわれたけれど、それはちょっとちがうと思うんです。外国語を読むことによって日本語のスタイルを喚起されるということがやはりあると思う。そしてそれは重要だと思う。だから若い作家志望者がほんとうに外国文学の影響をダイレクトに受けようとすれば、やはり翻訳はまずいと思います。

**江藤**　翻訳に関する限りそのとおりだと思います。それから喚起されるかどうかは人によるでしょう。ぼく自身の経験をいえば、アメリカにいるときに日本に通信文を送らされたり、「群像」に原稿を送らされたりするのはほんとうに苦痛だった。つまり発想の角度がちがうんです。英語に元があるものを日本語に直そうとすると、うんと薄めなければならぬ。逆に日本語に元があるものを英語に戻そうとすると、うんとコンデンスしなければならぬ。

ただ、大江さんがチューインガムになるか異質性を見きわめるかどっちかだといわれたけど、その次があると思う。その異質性を見きわめた上でほんとうに友だちになれるのじゃないでしょうか。そうすればコミュニケーションができる。おまえはおまえの文化あるいは国のために尽くすが、おれはおれの属している文化及びそれを政治的に支えている国に尽くす、それは自分の信念によって尽くすということをお互いに認め合うと尊敬できる。結果として二人がいっている議論はまったく平行線をたどっても、友だちになれることがある。こういうことをいうと、キザかもしれないけれども、日本とアメリカがまた戦争することはちょっとないでしょう、武力もちがうし。もちろん日本はどんなことがあっても賢明に戦争は避けて戦争した以上の利益を得てほしいと思うけれども、例の外圧との関係で日米関係が悪化して行くことはいくらもあるでしょう。そのなかでそういう関係を持ち得る人間が相手方にいれば非常にしあわせなことだと思う。それは友人関係でもそうですけれども、文学だってそうじゃないでしょうか。それはディグニティーを持つということだと思う。自分がよしとするものをはっきり知ったときに相手に同じような価値を認め得ると思う。それは作家が自分のコピーライトをどこの外国の出版社にまかせるかというときのディグニティーの問題にもかかわってくる。そういうことはしっかりやってもらいたいと思う。

またさっき、ぼくは学生運動でいろいろ言いましたけれども、学生が知識人であるからには、そういうディグニティーは真剣に考えてほしい。その上でいろいろ批判するなり反抗するなりすれば、いまより有効にきかれるだろうと思う。それは命をむなしゅうしなくてもきかれるだろうと思う。命をむなしゅうする対象がないとはぼくも思っていない。喜んで死にたいとは思わない、なるべく生きていたいと思う。だけれども、何かしようがなくて命をむなしゅうしなければならなくなったときに捧げたい対象はぼくの心の中にはっきりある。何であるかは言わないけれども、あるのです。そういう意味でぼくは、たとえば放水車に轢かれて死んだ青年に対して深甚の同情を持つのだけれど、きみはもう少し待っていてほしかったと言いたい。死を栄光化するというのは三島さんみたいでそうは言いたくないけれども、もっと納得して死ねる時がそのうちに来たのだよと言いたい。そういう意味でのイマジネーションはぼくにもある。

**大江**　それが今日の結論でしょうね。

**編集者**　どうも長時間いろいろありがとうございました。

（『群像』一九六八年一月号）

『漱石とその時代』をめぐって

一九七〇年

## 『夏目漱石』から『漱石とその時代』へ

**大江**　今度『漱石とその時代』〔第一部・第二部〕を拝見して、実に久しぶりに江藤さんがどういうふうに仕事をしていられるか、どういうふうに生きておられるかということが、それに共感するしないはもちろん別にして、よくわかったと思います。「夏目漱石論」として、いままでの江藤さんのお仕事の上でのいろいろな発見や展開は、学者の検討に、専門家の批評にまかせるとして、それにはそれで江藤さんがまた答えられるでしょうし、なぜ江藤さんが漱石を十五年近く追求しなければ、ならなかったか、そして、その追求が江藤さんをどういうふうにつくったかということが、漱石の作家としての形成ということと重なり合って浮かび上がっていると思いました。

**江藤**　ぼくは、十五年前に『夏目漱石』という本の前半を書いたときからすでに、本当はああいうかたちでなく、今度のような伝記が書きたかったんです。ぼくは、もともと伝記というジャンルに非常にひかれていましてね。これは英文科の学生だったこととおそらく関係があると思うのです。イギリスの文学者の書いた伝記でいえば、ストレイチーの『エミネント・ヴィクトリアンズ』とか『クィーン・ヴィクトリア』なんかは、もちろんきわめつきの作品なんだけど、そんなに偉い人が書いたものではなくてもおもしろいものが多い。そういうものが日本語で書ければなあと思っていたんです。でも、そのときはいろいろ制約があって、書くことができず、最初の「漱石論」はああいうかたちで書いてしまった。当時から、いつかこういうものが書きたいとは思っていたんですよ。

**大江**　漱石が江藤さんにこのように大切であるというのには、江藤さんがそのような漱石像をつくり上げたということもあるでしょうけれども、漱石によって江藤さんがつくられたということも、よくわかりました。

普通にある人の評伝を書く場合に、私はこの文学者によってつくられたという場合には、かなり意識的に、人前に出して恥ずかしくないような側面において、このようにつくられたということを、余裕をもっていうわけでしょうが、江藤さんの場合は、自分の弱い側面も含めて、漱石によってつくられているということが、この作品でよく出ていると思います。

**江藤**　たとえばどういうところに出ているの。

**大江**　「群像」の新人賞の会で江藤さんが、四匹の竜が空を飛んでいる夢を見たといっていられましたが、それは漱石が子供のときに見た夢と……。

**江藤**　でも、六人の天女が舞っている夢は、漱石は見なかったでしょう。それから、そのあとでウォーター・スキイが出て来るところも。（笑）

**大江**　まあそれは、この仕事が完成しつつあるために、江藤さんの漱石に対する感覚がだんだんやわらかくなっていって、自分に対してやわらかくなることを許すようなところもあって、少年時代の漱石と、感受性において重なることを自分に許すというか、そういうことがあって、ああいう夢を見られたのではないかと、ちょっと思うのです。

この前の「新潮」〔一九七〇年三月号〕に載せられた論文〔「登世という名の嫂」〕には、江藤さんがいままで書いてこられたほとんどすべての論文が前に置いてあって、それに立ってものがいわれているということを考える人間にでなければ、了解できぬものがあったと思うのです。たとえば、漱石の嫂、登世の新しい資料を発見したということを、外側から見ると、大きい要素に見えるようにあつかってあったけれども、江藤さんの内部では、それはもしかしたら小さなきっかけにすぎなかったかもしれない。その前に江藤さんとしての積み重ねというものがあるとしなければ説得力不充分であった。たとえば、〝母の崩壊〟なら〝母の崩壊〟の場合に、なぜこの人はこういうふうに喪失感を持つのかと、しかもそれを社会の根源と、あるいは、ヨーロッパと日本の関係にさえ、百年の奥行きと、全ヨーロッパ、アメリカを含んでの広がりというものさえおいて考えているらしいが、なぜそういう喪失感がこの人物に本来あるのだろうか。あるいはなぜそういう罪障感があるんだろうか。あるいはなぜ自分が無用な人間、ドロップ・アウトした人間だという感覚があるんだろうかということを疑いつつ読んできます。しかし、ともかくそうした仕事の積み重ねを前提としてあの論文が書かれていて、その上に立ってみなければわからぬところがあった。

この本では、そのようにいままで江藤さんがそのようにしていろんな方向に打ち込んでいた弾とか、モリとか、ハーケンとかいうもの全部が、漱石という大きい山に結びついていたのだということを納得せざるを得なかったというのが、ぼくの考え方です。そういうふうに江藤淳はつくられているのだということとです。この前の仕事までだったら、江藤さんがこういうふうに漱石を料理したわけだというふうに思ったでしょう。しかし、今度の場合は、そういうことは思わない。こういうふうに江藤淳という人が生きている。彼の心の中でとにかくこういうふうに漱石という人がいた。それから彼の内部で日本の百年はこういうふうにある。それは、シンドイことだろうという感想をもちました。

**江藤** シンドイことになったなあという気持は非常に実感があるね。ぼくは第二部まで書いたわけだけれど、一応ここでこの作品は完結しているともいえる。しかしもちろん先を書くに決っているから、完結してないともいえる。ぼくは漱石が死ぬところまで書きたいと思っていますけれども、ああ、シンドイことになったなあという気持が、書いているうちに、雪が降り積るように積ってくる感じはありましたね。同時に、ぼくは書いてしまって、いまビブリオグラフィをつくっている段階ですけれど、ビブリオグラフィもできてしまって、本ができてくるのを待つだけという状態になったらさぞさびしいだろうとも思う。しかし、なんといったらいいのか、そのさびしさは決してうつろな感じというのではない。胸元にこみ上げて来るようなものだ。

**大江** ぼくは、この本であなたの独壇場といっていいものは、英詩の分析だと思います。

**江藤** ああ、そうですか。さきほどのさびしさということについていうと、漱石の無の概念、ナッシングネスというのは、イギリスへ行くときのインド洋のプロイセン号船上で書いた英文の断片に残っていますね。今度の伝記の中に引用したけれども、あの中に出てくるナッシングネスというのは、モーションもレストもないけど、リアル・アクティヴィティがある世界だというのですね。これは無の中に何かがあるわけでしょう。だからこの無というのは、西洋人の考えているネアンというものとは明らかに違う。それは違うだろうとは、ぼくは十五年前から思っていたんだけど、ぼくの今の心境をそれになぞらえていえば、このさびしさはあるサブスタンスのあるさびしさなんですね。しかし、それがおそらく歴史のなかを生きて行く個人というものの感覚なんだなあ。

## 伝記と土地勘

**大江**　この本の特徴は、いわゆる土地勘があることだと思います。それはもう江藤さんぐらいの経験の人で終わるんじゃないか。もちろん、現在の東京には存在していない都市の感覚なんだから、客観的にはすでに終わっていると思いますが、漱石が東京という町でどういうふうに存在したか、それを明治維新以前にまでさかのぼって実感しようとする最後の「漱石伝」ということになるだろうと思うのです。そういう実感がなくなりつつある境目に、評伝作者がいるということは、大切なことなんですね。

ぼくの土地勘というのは単に戸外の土地勘だけでなくて、家の中にまで入ってきているそれです。

たとえば、登世と漱石との関係というようなことをいう場合に、ぼくは現実には関係はなかったと考える方が個人的には好きですがね。この本にも関係があったとは書かれてないわけだけれども、英詩の注釈などを読んでいるうちに浮かび上ってくるのは、具体的に漱石の住んでいた家であり、そして、漱石のお父さんが、「帰ってきたか、あいつは」と訊ねると、「もう帰られました」といっている嫂の声、それが聞えてくるところにいる漱石のイメージです。江藤さんが、霧の中のようにぼんやりと、しかし、確実に存在するものとして浮かび上らせようとしているところのものが、事の真否をこえて、なるほどと感じられてくる。たしかにここに明治時代の家があると思いました。

**江藤**　ぼくは実は応接間というもののない家で育ったんですよ。小学校三年のときに鎌倉に転地させられて、その家も洋風の食堂はあったけれど応接間のない日本家屋だったけれど、東京の焼けちゃった家は、幾分「改良」してあったけれども明治時代の東京の中流住宅の様式そのままの家、つまり、第一次大戦後の文化住宅的様式が入ってない家だった。今考えてみるとこれは漱石などが住んだ家と基本的には同じ家なんですね。

犬山の明治村に移築されている、漱石が『猫』を書いた駒込千駄木町五十七番地の家は、現代の建築思想からすればまことにおかしな家なんですが、台所の空間とか、風呂場の空間、書斎、座敷の空間の広がり方を見ていて、ああ、これはぼくの知っている空間だなと、なんとも不思議な感じがしたことがあるのです。あの作品の中にもし土地勘があるとすれば、それはぼくが一所懸命フォロー・アップしたんです。眼をつぶって想い出そうとしたり、変わってしまった街の背後から幻影が浮かんで来るのを待ったりしてね。フォローしてロンドンまでも行った。ロンドンの土地勘はどの程度出ているか、ぼくは旅行者として調べに行っただけで、住んでいないからよくわかりませんけれどね。少なくとも東京の土地勘が多少それらしく復元されているとすれば、やはりそういうものをたどることによって、何か自分の中にわいてくるものを確かめるということをやっていたんだろうと思います。

**大江**　ロンドンから帰ってきて、部屋に入ってくると、部屋が荒涼としている。そこで有名な、短冊を破く情景になりますね。いうまでもなく、この短冊を破くことは、いろんな人が書いてきました。それに実感があるというか、これはかなわぬぞ、奥さんもかわいそうだし、若い漱石もこれは荒地に帰ってきたようなものだぞと思わせるところがあって、それはやはりあの部屋の感覚がはっきりつかめるように書いてあるからだろうと思うのです。

武満徹さんに今日伺ったら、「ローズ・マリーズ・ベビー」という映画で、最初のシーンは、ニューヨークのフラットに二人の恋人が越してきて、ぽかんとしている。そして奥さんが突然「レッツ・メーク・ラブ」といい、旦那が「オー」とかなんとかいって、恐ろしい子供が生まれるというのが導入部だといわれましたが、それを聞いて、ぼくが思い出したのは、漱石の場合にも奥さんがそこで「レッツ・メーク・ラブ」といえば、明治の文学は変わったかもしれないというようなことです。そういうことはうまく書いてありますね。

## 正岡子規像の虚実

**大江**　ここで江藤さんが好意をよせて書いているのは、まず、高浜虚子だと思いました。子規はそのようにはあつかわれていないようだし、そして碧梧桐にはほとんど触れられていない。ぼくは碧梧桐という人は大切だと思うのですがね。

**江藤**　それはもちろん大切でしょうね。俳人としては。

**大江**　ぼく自身の考えは、正岡子規のことを考えるさいに、虚子の態度は許容できない。虚子が子規について考えたりいったりすること、あとで『正岡子規』という本に纏められた伝記と小説「柿二つ」「子規居士と私」などで描くところの正岡子規像については、ぼくはそれを許容しません。

どうですか、この本のように、虚子の証言に即して正岡子規のことをとらえると、一方的ではありませんか。

**江藤**　それはそういうところもあるかもしれないけれどね。ぼくはこの伝記を第二部まで書くのに三年半かかっているんですけど、三年半もたつと、少しはものが深くわかるようになってきた。書いてしまって、校正をしている間に、子規に対するぼくの感じ方は、最初のころと今とではいくらかニュアンスが変わってきているなあという感じはしているんですけれどもね。

ぼくは、子規の「父の御墓に詣でんと」という詩が好きなんです。作家の理解というものはおもしろいもので、作品を読まなければわからないんだけど、ただ読んだって駄目なんで、読んだことがなるほどこのことかとわかる時期がいつかやってくるものですね。たとえば、「ドーン・オヴ・クリエーション」という英詩をぼくは以前に何度か読んでいた。しかしその意味をあんなに深くたどり得る（注・嫂登世との関係）ということが突然わかったのは、この伝記を書きはじめて、ほとんど三年近くたってからだった。

子規に関しても同じようなことがいえますね。ぼくは漱石と子規の関係をたどるにあたって、必ずしも虚子だけによっていたわけではない。たとえば、久保田正文さんの『正岡子規』という伝記がありますね。あれは最近の子規研究として相当まとまったものだから、もちろん読みましたけれど、こう書かれてもまた子規がちょっとかわいそうじゃないかという気もしたのです。たしかに子規が久保田さんの指摘しておられるような思想的側面を持っていたことを否定する必要は少しもない。だけれど子規は、果してそれだけをモティヴーションにして生きていたのだろうか。人間というものは、そういう半ば公的な感情とか責任感とかだけで生きられるものだろうか。たとえば、子規の場合、非常に理想があり、かつ野心があって、喀血する、小説を書いてもうまくいかない。彼にしてみれば、学士というものをそう高く評価していないかもしれないけれど、安心させなければならないお母さんがいるから、何とかして学士にならなければならない。にもかかわらず、お雇い外国人教師の試験はいやで受けられない。そういう側面はたとえば久保田さんの『正岡子規』には出てこない。まったくとはいえないけど、ぼくの感じではあまり出てこない。

ぼくは子規と時代との接触面というより、子規にあってもなお時代で解析できない位相が書きたかった。そこでこそ子規は漱石と相渉っていたと感じられたから。ただ、ぼくは東京の人間だから、子規に対する土地勘は不充分でしょうね。松山には出かけて行きましたけれど。

子規が死ぬところまで書いてきて、「九月十四日の朝」という虚子に口述筆記させた文章がありますね。引用しながらなんていい文章だろうと思った。ついこのあいだも朝日講堂の講演で、これこそ認識と行動が完全に一致した文章だといったんですけど、あれを読んで感動して、なんだか子規という人がわかったような気がした。率直にいって、ぼくはあなたが虚子を容認できないといわれるほど子規がきらいなわけではなかったんですよ。

**大江**　いまいわれた、虚子が半ば口述筆記したような文章は非常にしばしば引用されていて、ぼくはそうしたものへの評価もこめて、久保田正文さんの本を尊敬しています。

久保田さんは、死んでしまうときの子規の偉大というものをはっきり描かれていると思うのです。江藤さんのこの本にもそれが書いてあり、そして、子規がいちばん最初に漱石と出会ったときの持っていた相当な良さというものも書いてあるが、それはその中間が書いてないいんじゃないかと思う。その中間が、だいだい虚子を通して書いてあるからではないかと思います。

ぼくの考えでは、正岡子規という人は漱石と直接に話さなきゃならなかった、虚子をとおしたりしては子規の偉大がけずりおとされてしまうと、思うんです。直接にものをいう、あるいは直接に手紙を書く……。手紙の場合、いろんな感情の若さがあって、虚勢を張ったり、戯文にしたりもしますけれど、しかしたしかに正直なことを子規は漱石にいったし、漱石はああいうふうに苦しいところにいるのではあるけれども、やはりあの人は受けとめてくれるだろうと思って、子規は死んでいったのだろうと思うのです。

**江藤**　そりゃそうでしょう。

**大江**　ぼくは子規の評伝を書きたいと思いますが、そのときには、何よりも子規の偉大ということを書きたい。

**江藤**　それはぜひ書いて下さい。楽しみにしています。

**大江**　それが一つと、陸羯南の全集もでて研究がやさしくなったようですし、ぼくもそれを少し勉強して、自分の子規像をたしかにしたい、陸羯南のナショナリズムは、もしかしたら子規のそれと漱石のそれとを対比して、第三の点に立つことができるようなものだったのかもしれないと思うのですがね。

**江藤**　そうかも知れませんね。ぼくは前にいったように子規の思想性の側面を故意に没却して書いている。それはこれが漱石の伝記であって、子規は漱石との交渉では決して思想的なところでつきあっていないからです。漱石は子規をやはり俳諧師たる道を選ばざるを得なくて、それを引き受けて、そこで何かやろうとし、かつやった人として見ていると思う。子規は、漱石との出会いのところでは当然フルサイズの人間が出てくる。この背丈は死ぬときもいやでも出てきてしまう。その間に思想的にあなたが〝偉大〟といわれるものがあったとしても、それはどうも漱石とは宿命的にすれちがっているんですね。すれちがわないように書けば、叙述の真実性がくずれてしまうんだ。

**大江**　子規は、漱石がゆっくり歩いているところを、駈け足でいかなければならなかったから。

**大江**　ぼくがこれから子規に焦点をおいて考えていこうと思っていることには、自由民権の思想ということもあるのです。この本では「自由民権」ということばは一回出てくるけれども、正岡子規の自由民権思想からの影響というものは、過小視されているように思います。久保田正文さんは逆に誇大視していられるのかもしれないと思う。しかしたしかに自由民権の思想が子規をとらえていることはあるとぼくも信じるのです。江藤さんのしばしば使われることばでいえば、漱石の喪失感が漱石をはっきり決定するモチーフとなったとすれば、子規のモチーフには、子規自身のそなえている喪失感だけでは不充分であった。藤野古白はほぼ同じ土台に立って生きはじめ、その喪失感と、たしかに見合ったような人生を生きて、早く自殺したけれども、子規は病気でたおれることがなければ大きい展望をもって生き延びたでしょう。それにむけて彼を力づけるものとしては、やはりプラスのモチーフがあっただろう。そのプラスのモチーフを、自由民権思想、あるいは自由民権の運動を生きた人々からのそれと重ね合わせなければならないんじゃなかろうかとぼくは、仮説として持っているのです。

それにつなげていえば、ちょうど色川大吉さんが『明治の文化』という本で、自由民権思想とそれを生きる底辺の人々が明治時代をつくったことに力点を置いた立派な仕事をやっておられますけど、江藤さんの場合、自由民権の思想と運動をここで評価しないとすると、『漱石とその時代』というものが一つ偏向をきたしはしないだろうかと思うのです。

**江藤** ぼくは、自由民権というと、どうしても薩長土肥ということを考えてしまうんだ。

**大江** 色川さんも開明官僚を評価していられますが、江藤さんも、たとえば教育制度について佐賀出身の人たちががんばったと書いていられましたね。

**江藤** ぼくはやはり、自由民権は土佐と佐賀の巻き返し運動で、それに薩長体制に乗れなかった勢力が合流したということが根本だと思いますね。権力闘争をするためにはイデオロギーが必要で、イデオロギーはどうしたってどっかから持ってこなきゃならないから、ルソーを持って来たり、イギリス流の議会主義を持って来たりする。国会開設が明治二十二年の帝国憲法で実現して、二十三年夏には最初の総選挙があり、代議士が選ばれるところまで行くのですから、自由民権が明治をつくった一つの力であったことは、ぼくだって認めます。しかし自由民権運動の実質については、色川大吉さんの解釈はずいぶん現代的過ぎると思う。つまり明治時代のざらざらした触感に対する想像力が足りないんだ。

**大江**　ぼくは漱石を読んで、また鷗外を読んでいて、いつも思うことは、漱石、鷗外とまったく出会わなかった人々が同時代にいて、その人たちもまた一つの時代を構成しているのだということですね。そのことをあらためて恐ろしいなと思うのは、いま学生運動を見ていて、彼らは知識人であるから決して遠くないが、同時代の小説家としてのぼくなどは存在していない世界に、その人たちだけのものをもって生きている人々のことを思うときです。そういう人たちは自己表現の道をついに持たないかと思うと、東京の書斎で小説家としてものを書いているのがつくづく不安になります。漱石の時代にも、自由民権の草の根の母体となった東京周辺の豪農や小作農の問題はどうだったんだろうなということをもうひとつの「漱石とその時代」として考えたいわけです。

**江藤**　漱石という人は結局政治はわからなかったですね。政治嫌いだったと思う。

**大江**　しかし、状況判断の的確なことは的確でしょう。

**江藤**　的確ですけど、あの的確さは、インヴォルヴされていない人間の的確さでしょう。漱石という人は政治もわからなかったし、戦争にもあまり関心がなかった。日清、日露の両役を考えると、日露戦争のほうは『猫』を書いてから少しわかり始めている。やっと彼が時代と一緒に歩み始めることができだしたからでしょう。

ところが日清戦争のはじまったときは、彼はおそらく二度目のひどいノイローゼで、伊香保の古い宿屋木暮武太夫方にいたという始末です。

日露戦争の最初のころは、なんとロシア撃つべしみたいなへたくそな新体詩を「帝国文学」に発表している。時局便乗の典型みたいなもので、学生にまで馬鹿にされているのにそのことについても彼は何ら自覚がないのですね。むしろ大塚楠緒子に対する対抗意識だけで書いていたようなふしがある。

それから夏目家の通婚圏を見ると、滅びるべくして滅びていくある階層に属していた人だということがよくわかる。ある文化を背負い、その中で生きて来て、新しい時代のなかでは、もう何の生命力ももっていない階層、それが最後に、ちょうどローソクが燃え尽きる前にぱっと燃え上るように、夏目金之助という稀有な魂を生んだ。それ以外に何の創造力ももう夏目家にはのこっていなかったと思う。そういう最後の人であった漱石が、はたして新時代をつくり上げつつあるものになんらかの幻想を託し得たろうか、ぼくはとうてい託し得なかったと思う。

二、三年前の岩波の「文学」〔一九六八年十月号〕に、晩年の漱石について書いた人がいましたね。馬場孤蝶の代議士立候補のときに……。推薦者に名前を連ねたということを問題にしていた。松尾尊兊さんという京都の人だった。おもしろい着眼点だとは思うんだけれども、あれは実ははっきりいってひいきの引き倒しですね。漱石はめんどくさいから名前を貸したに決ってるんです。漱石の心境を考えてみると、孤蝶が代議士に出るということに、なにもそれほど大きな意味を見出すわけはないのでね。そこのところを理解しなければ、漱石という一人の人間が、生きて死んだということの重さとむずかしさを理解することにならないんじゃないか。

**大江**　『こゝろ』にあるところの、「記憶してください。私はこんなふうにして生きてきたのです」ということばをぼくなりに思い出しつつ、この本を読み終わったんですけど、この本の最後のところの、大きいモチーフとしては、西欧との対立、あるいは近代との対立があって、漱石は敏感にそれに肉薄していきますね。そして、ロンドンから帰ってきて、ラフカディオ・ハーンのあと学生たちに教える漱石の態度、あるいは所感というものが、漱石がロンドンで味わったほんとうにいやなものの勘定書の決着を自分でとろうとしている。安っぽくとるわけじゃないけれども、そのモチーフです。

**江藤**　どうとっていいかあまりわからずに、一所懸命とろうとしているところがある。

**大江**　しかしあくまでも自分がその責任をとりながら、決着をつけようとしている。そうしないと、彼自身ひっくり返ってしまうわけでしょうからね。それが最後に、戦争があって、戦争で外国を打ち破って、それで一応西欧に対するバランスのとり方がはっきりしてきたとして、漱石が作家となりつつあるというふうに、この本は終わるわけですね。しかし漱石の晩年を考え、江藤さんもまたこれまで分析してこられたところを考えてきて、あれでバランスシートがとれるということはあり得ないでしょう。

**江藤**　そんなことはあり得ないね、絶対。

**大江**　そこで、これが大きい問題として次の巻の主題になるだろうと思ったのです。あの時代にはそれでバランスシートがとれたと思った人間が無限に、それこそ上から下までいたでしょうがね。

**江藤**　そのとおりですね。ぼくはやはり『坊っちゃん』『草枕』あたりまでは、その興奮がのこっていると思うのです。それ以後の漱石、『虞美人草』『三四郎』あたりまでといってもいいけれども、これには、小説家になったということに対する、職業的興奮がある。それはよくも悪くも作用している。しかしそれ以後の漱石のあの寡黙な文体、だんだん寡黙になってきて、一行の重みが相対的に非常に重くなってくる。あの文体は、戦争でバランスシートがとれなかったからこそ生まれたのですね。

**大江**　ぼくが、この本でいささかも留保条件なしに賛成なのは、どこかというと、天皇制に対する幻想が全然ないということですね。

**江藤**　ぼくは明治時代には「天皇制」なんてものはなかったと思っている。明治天皇というすぐれた君主がおられただけです。いわゆる「天皇制」が明治のころからあったようにいうのは、進歩派の歴史学者の誤謬だと思うのです。理窟だけではなく、やはり想像力を働かせて歴史を理解する必要がある。

**大江**　漱石が死んで、天皇があらわれるのかもしれませんが……。

**江藤**　だから『こゝろ』なんていう作品も後世の完成された「天皇制」などというこわばった視点から見ないほうがいいんじゃないかと思うのです。つまり、漱石がああいうふうに憧憬することのできた天皇が実在していたということを考えたほうがいいんじゃないか。

**大江**　江藤さんとぼくとでは、いまやずいぶん方向も関心もちがって、推測しにくいのですが、この漱石の仕事の次にはどういう仕事をされますか。

**江藤**　いまはまだ当分漱石でしょうね、漱石はとにかく、「ああ苦しい」とか、「こんなところで死んじゃ困る」とかいいながら死んだ。そこまでは書きたいんですよ。ぼくは人が死ぬところを書くのが大好きでね。漱石が死ぬところをどんなにうまく書いてやろうかと思って、手ぐすね引いているんです。もちろん並行的に、第三部に着手する前にもいろいろすることはありますけれど、それもすべて、あともう一つ屋根を越えるためのハーケンだったり、ビバークする場所をさがしたりしているようなもんだなあ。

（『波』一九七〇年七月号）

同時代批評

# 二人の先行者——江藤・大江論争について

柄谷行人

江藤淳と大江健三郎の「論争」、折にふれて再燃する両氏の論争は、一九五九年頃に生じた溝に源を発しており、また本質的にはそのとき示された対立のなかにすべてがふくまれている。以後の対立はただその変奏であり、あるいは同心円的な拡大のようにみえる。むしろ今から思えば、『芽むしり仔撃ち』の大江氏と『作家は行動する』の江藤氏との「蜜月時代」こそ奇異にみえるほどに、実は両氏の亀裂の根は深かったのである。

おそらく両氏の出会いには、自らの宿命的資質に充分気づいていないか、あるいはむしろ気づくまいとするような青年期にふさわしい相互錯覚があった。それはまた、石原慎太郎と並んで、両氏がジャーナリズムにおいて若い世代の代表者としての地位を確立していった時期と重なっている。両氏に溝が生じたのは、そういう代表者としての声と私的な肉声、いいかえれば公人としての声と私人としての声に亀裂と乖離が生じはじめたときからである。それをいち早く感受して追いつめられたのは、もちろん批評家江藤氏の方だったが、大なり小なり同じことが、大江・石原両氏にもおこっていた。

こういうとき文学者は「私」を選ぶべきであり、それが文学者の文学者たるゆえんではないか、というのはたやすい。しかし、とくに戦後において、文学者が「公人」としての地位を高め、「公」的に生き「公」的に死ぬほかなくなった今日では、それはけっしてたやすいことではない。この公人と私人との矛盾が矛盾として強く意識されるにいたったとき、文学者はどうすべきだろうか。大江氏がとったのは、たぶん、評論としては「公」的にふるまい、小説としては「私」的にふるまうというやり方である。しかし、そういう器用な分離が同じ言葉の領域においてできるわけがないので、評論に感じる空洞を小説で埋め、小説に感じる欠如を評論で埋めるというやり方のなかには、かえって厄介な自己欺瞞が腫瘍のようにひろがってきたといわねばならない。

無名の一学生として書いた懸賞小説「奇妙な仕事」においては、大江氏は何の「公」的な配慮にもまどわされていなかった。たとえば、最初の短篇集『死者の奢り』の後記に、「僕が日本の学生の消極的、否定的側面を強調するという批判には、人間の積極的、肯定的側面をえがくのにふさわしい小説形式、長篇を書くことでこたえたいと思います」と書くような配慮はまだなかった。大江氏が気にしている「批判」はまことにくだらないものだが、しかしそういうものに拘泥しはじめたとき、氏はすでに「日本の学生」の代弁者として存在することを選んでいたのである。

「奇妙な仕事」では、「たんに監禁されている状態、閉ざされた壁のなかに生きる状態」(『死者の奢り』後記)がアレゴリカルに描かれているだけではなく、生存することは徒労にすぎないというような実感がみずみずしい感受性をもって表出されている。この徒労感は、何よりも大江氏自身の生存感覚であり、またそうであるがゆえに逆説的に「世代」あるいは「状況」を映し出すというようなものであった。ある世代や時代を小説家が描くとは本来そういうことであって、この関係が逆転したとき、われわれは世代や時代についての観念が衣裳と貧しい肉をつけて歩いているにすぎない類のおびただしい作品を見出さざるをえない。私的なことを語ることがそのまま世代と状況を語るとひとしいという逆説が、大江健三郎という非凡な才能において成立していた幸福な時期はまもなく終る。

江藤淳がやがて次のように書いたのは、大江氏のなかで「私」的なものと「公」的なものとが幸運な一致を示すことをやめ、鋭い分裂と空白を生みだしはじめたことを洞察したからである。いうまでもなく、そこには江藤氏自身の苦い自己認識の傷跡がひめられている。

……やがて、この分裂（「奇妙な仕事」のなかでは渾然と融け合っていた観念と抒情の分裂）は次第に深まり、「芽むしり仔撃ち」と「見るまえに跳べ」の間では決定的な溝をかたちづくり、「われらの時代」と「夜よゆるやかに歩め」にいたると、観念と抒情は完全に離婚してにわかに色あせはじめる。（一九六〇年『大江健三郎集』解説）

これは同時に、大江氏が自らの「否定的、消極的側面」を、あたかも「われらの時代」の特質として語りはじめることによって、肉声をそこに封殺していった過程でもある。私が大江氏に決定的な異和感をおぼえたのは、氏が六〇年安保の最中に出かけた中国旅行から帰って、次のようなルポルタージュを発表したときであった。

しかし、おなじころ、日本で学生たちを中心とする日本の青年たちは勇敢に戦い、自己改造をおこなっていたのである。私は帰国後ニュース映画や新聞、実際に会った人たちから、それを理解することになる。中国でも一人の絶望的な青年が快方にむかっていた。

旅行がおわり羽田におりたった時、私は妻に、

「子供を生んで育てよう、未来がゼロなわけじゃないようだ」

といった。あの激しい国会デモを毎日テレビでみながら日本でこの一月をすごした妻は、

「私も、そういいたいと思って迎えにきたのよ」

とこたえた。

（『世界の若者たち』）

日本で「勇敢に戦った」学生たちが大江氏のように希望にみちあふれていたなどということはありえない、間抜けた人だな、というのが私の当時の印象であった。しかし、考えてみると、大江氏の「絶望」がたんに安保闘争の盛上りを中国から遠望したぐらいで「快方にむかう」ものかどうか疑わしいのである。「公」的な状況と、「私」的な内部がこのような短絡現象を示すのは、何かにつけて一喜一憂する進歩的文化人の特性だが、大江氏はそれも子供を生む生まぬという問題にまで短絡するほど症状がひどいのである。

だがそういう意味での絶望ならば、かつて吉本隆明が批判したように、大江氏のそれはむしろ「絶望」の度合が不足しているといわねばならなかった（吉本隆明「もっと深く絶望せよ」）。

　大江氏のこうした性向はその後もほとんど変わったわけではない。しかし、「奇妙な仕事」などの作品が示した、生への暗鬱な徒労感覚は、けっして当時の社会情勢だけではなく、大江氏の内部の「秘密」に垂鉛しているものであった。あるいはそれを氏の生の「宿命的な構図」とよんでもいい。

　小林秀雄は次のように書いている。

> 或るものに対する人々の憑かれた想ひは（単なる先入主でも、嫉妬の情でもいゝ）、この想ひの始つた瞬間のある風景に最も密接に繋がれてゐるものだ。だが憑かれた人々は自分のやりきれない想ひの対象の源を、ただ自分の心理のうちに捜さうと苦労する。そして見附け出すものは、自分の想ひの対象そのものに過ぎないので、これが嵌めこまれてゐた風景は必ず忘れられてゐる。

だからこの対象そのものが、思ひ掛けない風景のうちに生きてゐるのに偶々出会ふ時、憑かれた想ひも亦思ひ掛けなく破れて了ふ。

（「批評家失格」）

こういう「風景」が大江氏の精神の基底にもあると私は信じる。むろんそれは、『厳粛な綱渡り』や『壊れものとしての人間』などに氏が記した、整然としたよそゆきの体験のなかにはない。私はときに思うことがある。もし氏が凡庸な作家で通念だけで小説を書けるなら、あの「風景」を捨象したところで「公」的な役割を進歩的文化人として演じつづけられただろう、また逆に、氏がもっと頭の悪い作家であるなら、あの「風景」に忠実に即して書きつづけることができただろう、と。

江藤淳にそういう「風景」が明瞭に見えてきたのは、『作家は行動する』を書きおえたころである。大江氏は小説と評論に自己をふりわけようとしたが、批評において「私」を語るほかない批評家にとって、そういう都合のいい分離はありえないし、どこにも逃げ場を見出しえないのである。批評家江藤氏をおそったのは、「公人」としての発語と、「私人」としての発語がもはや耐えがたいほどに鋭く裂け目を示す矛盾の意識であった。「風景」が突然見えてくるのはこういう瞬間であって、ひとがイデオローグとしてではなく文学者としてであろうとすれば、この「風景」に忠実に従うほかない、というのが、このころ江藤氏の思念を去来したもののはずである。
たとえば江藤氏は次のように書いている。

物質的幸福がすべてとされる時代に次第に物質的に窮乏して行くのは厭なものである。戦後の日本を現実に支配している思想は「平和」でもなければ「民主主義」でもない。それは「物質的幸福の追求」である。この原則に照らして得をしたものが「戦後思想」を謳歌し、損をしたものがそれを嫌悪するのはあまりにも自然であろう。

（「戦後と私」）

こういう言葉の背後に江藤氏の私的な「風景」が横たわっていることはいうまでもない。『作家は行動する』は、戦後文学を積極的に肯定する面を多分にふくんでいたが、にもかかわらず、江藤氏には「戦後思想」と同調するいわれは、氏固有の内的論理としてはなかったのである。氏を文学にひきよせていった遠因が、ほかならぬ「戦後」と「戦後思想」への異和だったことを、江藤氏はついに「発見」せねばならなくなった。

自らの「宿命的な構図」に忠実たらんとし、「行蔵は我に存す、毀誉は他人の主張、我に与からず我に関せず存候」(勝海舟)というふうに考えはじめた江藤氏の脳裏に浮んできたのは、むろん氏自身が強引に否定した小林秀雄の孤独な姿である。このとき小林秀雄は、まさに一個の人間としての全体像を江藤氏に開示してみせたのである。そして、江藤氏はこのときはじめて自覚的に「批評家」であることの意味を自らに問うたということができる。それはいいかえれば、「公」から切断されてしまった「私」の世界の極限には何が見えてくるか、という問題である。小林秀雄には「自然」が見えた。江藤氏がそこに見出したのは、「神」ではないが、「現在をこえる時間がある」という漠とした感覚だったにちがいない。

ここからは一つの重要な問題が生じる。それは自らの「宿命的な構図」に誠実たるべきか、あるいはそれを意志的に否定することに誠実たるべきか、ということである。これはおそらく文学者にはもっともラディカルに生じる問題であって、音楽家・画家・科学者・政治家にはさして重要なことではない。というのも、言語芸術であるため、文学者にはどんな「自己欺瞞」も可能であり、どんな「誠実」も可能であるように一見みえるからである。

私は江藤氏が結局この両極をゆれ動いてきたように思う。もはやわれわれには、個別的な「風景」を、そのために否定するに値するような何ものか（留学前の漱石にとってそれは「国家」だったと江藤氏は考える）はありえないということを氏は知っている。しかしかつてはありえたのではないかという思いが、氏に『漱石とその時代』を書かせたのである。

ところで、私は以前「江藤淳論」（「群像」一九六九年十一月号）のなかで、おのおのの個人の「宿命的な構図」をえぐり出していく彼方に、「見えない関係」が見えてくるはずだ、と書いたことがある。「得をしたもの」が『戦後思想』を謳歌し、損をしたものがそれを嫌悪する」という「自然過程」がこえられるとすれば、ただそういう「見えない関係」においてのみである。しかし、そこにどんな先験性ももちこむことはできないので、私はそういう可能性を漠然と信じているだけだ。江藤氏が「現在をこえる時間」を漠然と信じているように。

しかし、大江氏はむしろ「民主主義」というような先験性から出発している。たとえば氏は、しばしば戦後まもない中学で与えられた「民主主義」なる教科書について語っている。

あの日、ぼくは二度目の誕生を体験したような気になることとさえある。あの日からつづく、戦後数年のデモクラシイ・エイジは、ぼくの中等教育のすべての時期にあたって、あつく輝かしい熱と光とを充満させた。ぼくは四国の山村の谷間で、新制中学に通ったのだったが、その時分、ぼくは全国的だったデモクラシイの気分において、東京の中学生と、おなじ場所、おなじ時点にたっていると感じて、ほとんど地域的な劣等感をもたなかったのであった。それは、ちょうど、現在の四国の子供たちがテレヴィの《鉄腕アトム》を、東京の子供たちとおなじ瞬間に見ていると感じることで、成就される代償作用と似ているかもしれない。

（『厳粛な綱渡り』）

その当時、「東京の中学生」にとって、「民主主義」という教科書が「あつく輝かしい熱と光」を与えたとは思えない。大江氏にとって「あつく輝かしい」のはそれが理念だったからで、「東京の中学生」にとって、それはほぼ実質的なもの――エゴイズムの承認――に近かったのではないかと思われる。むしろ大江氏は、「民主主義」という観念によって、「谷間の村」の現実を見まいとしたのである。それは氏の次のような資質とも結びついている。

……ぼくは、書物のうちなる架空の言葉を、架空なままに受けとって楽しむことで、自分としてはどうにもうまく関係づけのできない現実の事物から遠ざかることにしたのである。ぼくが深い森の奥の谷間で育ちながら、樹木、草木、昆虫、魚のたぐいについて、いわば教養派的な知識しか持っていないのも、おそらくそのせいなのだ。

（『壊れものとしての人間』）

江藤氏が大江氏について「ものを見ない」というのは、氏のこういう根深い性格をさしているのである。大江氏が、「民主主義」なる教科書によって、「東京の中学生」と対等であると感じそれを護るべきものと感じたことは事実かもしれない。しかし、それを普遍化することはあやまっている。実際は、「民主主義」なる理念に酔うことによって、あるいは「東京の中学生」と対等だと思いこむことによって、氏は「現実の事物」、あるいは現実の人間の関係から遁走（とんそう）していったにすぎない。あえていえば、ここに氏の自己欺瞞と外界喪失の源泉がある。

しかし、小説家としての大江氏は、意図せずして、あの「あつく輝かしい熱と光」の底に澱んでいた暗く暴力的な劣勢意識（とくに性と結びついた）と都市に向かって上昇していくことへの屈折感情——罪悪感と徒労感——を奔出させずにはいない。たとえブッキッシュなイメージや観念で厳重に身を武装していたとしても、である。氏の才能はそういうところにあるので、けっして「民主主義」の守護者たるところにあるのではない。というより、氏の才能は自らを裏切ってでもあの「宿命的な構図」をかいまみせるのだといおうか。

森有正は、小田切秀雄との対談で、日本文学の根底には「普遍的なものじゃなくて、ある特定な個物と自分の関係というものがあるのじゃないのか」と語っている。

日本人の経験が成熟し、ことばの使い方が精練されてきて、非常に深い経験をある普遍的な感情でもって包んだようなものがあらわれてきていますけれども、その場合、やはりどうも根源はそっちのほうになくて、やはり根本になっている最初の発想の生地である個物との接触というところにどうしても還ってゆくのじゃないかと思います。

（「群像」一九七〇年十一月号）

私はこれが日本文学のみの特性だとは必ずしも思わない。「個物との接触」は文学にとっては不可欠なものだからである。ただ、この指摘は、たとえば江藤氏が『作家は行動する』においてて音楽的な普遍性をめざしていながら、やがてそこに外界との「接触」感をうしない、『小林秀雄』という評伝における「個物」のたしかな手応えに還ってきたということについてもあてはまる。すでに「江藤淳論」で論じたのでくりかえさないが、江藤氏はほぼ周期的に衝迫に動かされて「普遍性」と、「個物」とを往還しているといっていい。

したがって、江藤氏が「ものを見る」というばあい、こういう「個物」の実在をたしかめるという意味であって、大江氏の次のような反撥は的はずれなのである。

ある批評家は、ぼくについて、かれはものを直視しないと、批判しました。その批判を検討してみると、想像力を発揮することで、ぼくがものを直視することの代理をさせているというふうに、この批評家は論理をたてているらしいのです。

（『核時代の想像力』）

しかし、「ものを見ない」ということは、先にのべたように、大江氏自身が『壊れものとしての人間』で語っていることではないか。このことは、大江氏がしたたかに実在する生活者に直面しないで、ただ彼らには「想像力」が欠けているとみなす思い上がった進歩的啓蒙者でしかありえぬというところにまでつながっている。おそらくそれは、氏が「谷間の村」の他者から遁走して、都市の居心地のいいインテリ集団に居すわってしまったためである。

最後に、大江氏のいう「想像力」について（これが江藤淳との主たる論争点であるから）、考えてみよう。

……そこでぼくの方法は、観察力と想像力というふたつの言葉について、一般におこなわれているように別のものとはみなさないではじめようということです。あるいは観察し、あるいは想像する行為を別の次元の、別の世界の、それぞれ異なる認識の方法とは考えないで、実在するものを現に見ることも、そもそものはじめから想像力の発揮ということだと、ふたつを統一して考えたい……。

（『核時代の想像力』）

これは形式的には正しい論だと思う。しかし、知覚作用も想像作用も根本的にはより全き「了解」をめざすものだとしたら、それは結局概念作用の二つのあらわれ方にほかならないのである。ただ理論家にとってはそれが抽象概念として了解され、作家にとっては感性的なものとして了解されるというちがいがあるだけだ。大切なのは、ひとさまざまの資質ではなく「了解」の質の方である。

そこで、大江氏についていえば、氏の現実認識は、概念のレベルとしてはたんに「平和と民主主義」を説く進歩派イデオローグにとどまるので、彼らとの相違は、そういう了解が、「想像力」というよりは、「たしかに恐怖感と罪悪感、嫌悪感というものをぼくが強く感じるタイプの人間であることは確実です」（江藤淳との対談「現代をどう生きるか」）という女性的資質によって、より感覚的になされるというところにあるにすぎない。概念としての了解が不徹底で低水準であるとき、どんな過敏な想像力も知覚も、ただそのレベルに応じたものしか見出すことができないのである。

たとえば、大江氏の「想像力」は、国家強権に対しては過敏であるが、それに対抗する勢力の「強権」ないしは愚昧な精神構造に対してははなはだ鈍感であるか、脆弱である。それは、大江氏がそこに何らかの「有効性」の基準をしのびこませていて、見るべきものを見ないようにしているからである。「有効性」が暗黙のタブーとなっているため、大江氏の「想像力」は充分に開放されていない。このタブーがとりはらわれたときはじめて、大江氏の「想像力」は、見てはならぬものをものぞきこむことができるはずだ。少くとも小説を書くとき、大江氏は「見てはならぬもの」を見てしまわざるをえない。私が氏を信じるのはそのためであるが、にもかかわらず、そこでもタブーの作用によって萎縮させられてしまっている。江藤氏もそうだろうが、私は小説家としての大江氏を否定しているのではない。ただ歯がゆい思いをしているだけである。おそらくこれぐらい苛立たしい思いをさせる小説家は類例がないといって過言ではない。

（『国文学　解釈と教材の研究』一九七一年一月号　特集＝江藤淳・大江健三郎）

柄谷行人（からたに・こうじん）
哲学者　主な著書に『日本近代文学の起源』『力と交換様式』ほか

# 解説　対談が〝事件〟となる

平山周吉

「石原慎太郎の登場ほどにはセンセーショナルなものではなくても、大江健三郎と江藤淳との登場は、やはり戦後の文学史の上で〝事件〟と呼ぶにふさわしい何ものかであった」。

『戦後日本文学史・年表』で、文芸評論家の磯田光一は右のように書いて「大江健三郎と江藤淳の登場」に一章を割いている。磯田は昭和五年（一九三〇）生まれで、石原と江藤が昭和七年（一九三二）、大江が昭和十年（一九三五）なので、磯田の同時代者としての実感であったろう。「太陽の季節」で芥川賞をとった石原は一橋大生、「奇妙な仕事」で東大新聞五月祭賞に入選した大江は東大生、『夏目漱石』を刊行した江藤は慶大生だった。大学生であること、二十代の前半でデビューできることには、特権的な才能の匂いが漂ってもいた。

本書『大江健三郎 江藤淳 全対話』は、その二人が行なった、ヒリヒリと刺々しい四つの対談を収録している。なかでも三つ目の「現代をどう生きるか」は、大江の谷崎賞受賞作『万延元年のフットボール』をめぐって、江藤が全否定に近い評価を下し、文壇を越えてのセンセーションを呼び起こした。私は当時高校一年生だったが、対談が掲載された「群像」昭和四十三年（一九六八）一月号を同級生から借りて、わからないながらも最後まで読み通した（『万延元年』もその友人から借り、こちらは苦しみながら読んだ）。私の知人は、都立高校の図書室にあった「群像」のバックナンバーで読んだという。小生意気な高校生たちにとって、必読アイテムとなっていたのだ。

「純文学」が時代の最尖端に位置していたからこそ、そんな事態がありえたのだった。対談の途中では、昭和四十二年（一九六七）十月八日の「羽田事件」が話題にあがる。三派全学連が佐藤栄作首相の南ベトナム訪問を阻止しようとし、渦中で京大生・山崎博昭が事故死した事件である。学生運動をめぐって、二人の評価はここでも真向から対立した。一九六〇年代のホットな「政治と文学」の論争の場を現出した対談が「現代をどう生きるか」だった。「対談」が〝事件〟となった稀有な例ではないだろうか。

本書の四つの「対談」のうち、別の意味で「事件」性があるのは、最初の「安保改定われら若者は何をなすべきか」である。なにしろ発表媒体が「週刊明星」なのだから。若者向けの芸能週刊誌で、江藤と大江が仲良く喋っているというのは、これは当時も今も奇観である（単行本に収録されるのは本書が初）。大江は「週刊明星の対談になぜ出るか」を誌面で弁解気味に語っている。「これは比較的安保に無関心な人も読むだろう。その無関心な人」に訴えるために出て来た、と。昭和三十五年（一九六〇）六月十二日号の「週刊明星」とは、六〇年安保闘争の真っ盛りの号だった。対談のリード文が当時の雰囲気を伝えている。

「5月26日、国会は空前の規模のデモ隊に包囲された。「国会解散、岸倒せ！」と叫ぶ安保阻止の波状請願だ。しかし岸首相はあい変らずの強気。／トルコでは27日、青年将校の無血クーデターが成功し、メンデレスの〝独裁政権〟が倒れた。その口火をきったのは学生たちのデモだった。／世論を無視して新安保条約を強行する岸内閣に対して、日本の若者たちは、いまや何をなすべきなのか」

「週刊明星」の読者には馴染みのうすい二人には、評論家、作家という肩書の他に、もうひとつ別の肩書がついていた。「若い日本の会」会員、である。これならば、この二人が何者なのかが、「週刊明星」の読者にも伝わったのだろう。「若い日本の会」とは昭和三十三年（一九五八）の警職法反対のために結成された、若きオピニオンリーダーたちの集団で、六〇年安保についても集会を催し、動員を目指していた。江藤、大江、石原だけでなく、寺山修司、浅利慶太、開高健、曽野綾子、谷川俊太郎、武満徹など錚々たるクリエーターの集まりだった。「若い日本の会」は歌手や芸能人との連帯を目論んでいたし、彼ら彼女らのファンである「週刊明星」読者をも捲き込もうとしていた。

「週刊明星」は昭和三十三年夏に創刊され、正田美智子さん（現、上皇后）の皇太子妃決定をスクープした雑誌である。江藤は論文「皇太子とハイ・ティーン」（「思想」昭和34・4）では、皇太子妃にあこがれ、「ミッチイ・ブーム」に乗ったハイ・ティーンたちを「下層中流程度のもの、中学卒業程度で［中村］錦之助や［美空］ひばりなどの日本映画ファンである」と高飛車に分析していた。江藤も大江も、安保には関心の薄そうな若い層に働きかけたのがこの対談である。これを読んでデモに参加することを決めた読者が何人いたかはおぼつかないが、江藤と大江というエリート意識の強い文学者がもっとも「大衆」に接近した瞬間を伝える貴重な対談になっている。

この時期の二人は、大江の創作に江藤の批評が同伴する「蜜月時代」と文壇では見られていたが、大江がデモ賛成派なのに対し、江藤はデモ懐疑派である。大江は「江藤さんのご意見は、リアリスティックだと思う」と批判的で、自分は「一兵卒になりたい」と夢想的に語っている。対談の直後、江藤は羽田のハガチー事件を機に「若い日本の会」の運動からいち早く撤退する。大江は大江で、毛沢東の中華人民共和国からの招待を受けて、安保のクライマックスには日本を留守にしていた。「われら若者」の代表二人の安保闘争の結末だった。

二つ目からは文学者同士の対談らしくなる。「現代の文学者と社会」は「群像」昭和四十年（一九六五）三月号に掲載された。大江の純文学書下ろし特別作品『個人的な体験』が新潮社文学賞を受けた後に行われた。三つ目、四つ目もそうだが、対談は対決調ないしは喧嘩腰となり、お互いが相手の痛いところを遠慮会釈なく衝きまくる。ハードな言論戦となっている。これはこれで、文芸誌掲載の対談としても珍しい。江藤は大上段に「作家にとって表現とは何なのか」を大江に問う。大江が『個人的な体験』を刊行後に、結末を変えた別ヴァージョンの私家版を作った態度を責める。それに対して大江は、三島由紀夫と江藤から受けた批評を検討し、批判に答えるためにやったことだと反論する。その結果、『個人的な体験』は新潮社版が正しい。三島や江藤の批判はあたっていないと確認できた。「もっとも対立的だった批評家の意見をとりいれて」私家版を作ってはみたが、やはり自分の書き方でよかったと、私家版作りを通して三島と江藤の批判を実証的に否定したというのだ。大江の文学者らしい面倒くささが発揮されている（江藤の『個人的な体験』書評は、中公文庫版の江藤『石原慎太郎・大江健三郎』で読める）。

文壇史上サイコー（？）の険悪な雰囲気が支配する対談が、三つ目の「現代をどう生きるか」である。〝事件〟となった対談は、大江の『万延元年のフットボール』を江藤が「ぼくにとってはあれは存在しなくてもいいような作品」だとこき下ろし、「作者の根源的な声を聴くことができ」ないと批判するところから始まる。自分は「義務感に似た深甚な関心」を大江文学に持つ読者だとして、「否定的批判」に終始する。防戦にまわった大江は、江藤の「一族再会」、「日本と私」といったまだ刊行されていないエッセイを持ち出して、根底的に批判する。大江もまた江藤に対して「義務感に似た深甚な関心」を持ち続けていることがここで図らずも明らかになる。

「あなたは何のために「小説を」書くのですか」、「あなたはなぜ評論を書くのですか」。こんな基本的な問いかけを、いい大人がするだろうか。江藤は大江の小説に描かれた「他者」を批判し、大江は江藤のエッセイに描かれた「他者」を批判する。ここでは大江文学、江藤批評のそれぞれの弱点が、知己の言としてストレートに表現される。対談の読みどころであろう。

一触即発、対談がいつ決裂してもおかしくない雰囲気は、話題が羽田事件となる後半からは変わる。さっきまでの喧嘩腰は、本気だったのか、それとも演技がかっていたのか。迷うような変身ぶりとなる。江藤の文壇登録が「文學界」（昭和32・8）の大座談会での高見順との喧嘩という「悪役（ヒール）」ぶりだったことを思い出すと、大江との対談に演出された部分があるのか。そうした疑惑も起こるのだが、この対談を機に二人は「絶交」へと進んでいくのだから、そうではないのだろう。一九六〇年代文学史の実況中継としては、最大の呼び物が「現代をどう生きるか」だった（なお、江藤の『万延元年』評は、やはり中公文庫版の江藤『石原慎太郎・大江健三郎』で読める）。

四つ目の「『漱石とその時代』をめぐって」は、「波」昭和四十五年（一九七〇）七月号に掲載された。江藤の書下ろし評伝『漱石とその時代』を、攻守ところを替えて大江が論じたもので、PR誌に掲載されたとは俄かに信じられない舌鋒の鋭さだ。ここでも、二人はそれぞれ子規派と虚子派に分かれていく。二人の対談は、これですべて終了となる。

平成となって、「文藝」で二人の対談が企画されたことがある。昭和の終わりの「新潮」創刊千号記念号で、大江、江藤、開高、石原という文壇同窓会のような座談会（「文学の不易流行」「新潮」昭和63・5）が和気藹々のうちに実現していたからだろう。「雪解け」はあり得る雰囲気だった。対談の企画に江藤は応じたが、大江が断って実現はしなかった。テーマは「昭和」であったから、もし実現していれば、稔り多い、それでいて一触即発の乱気流対談となったのではないか。

江藤と大江が参加する座談会ならばまだいくつもある。「現代文学の混乱と救済」（「群像」昭和42・7）は、「現代をどう生きるか」の半年前に、中村光夫、平野謙、大江、江藤の四人で行なわれた。その中で、江藤は明治時代の北村透谷と山路愛山の「人生に相渉るとは」論争に触れて、愛山の透谷評を紹介している。「透谷はとてもいい人で、あんな好ましい喧嘩友達はいなかったけれども」。

（ひらやま・しゅうきち　雑文家）

大江健三郎（おおえ・けんざぶろう）

作家。1935年愛媛県生まれ。東京大学文学部仏文科卒業。在学中の57年、「奇妙な仕事」で作家デビュー。94年にノーベル文学賞を受賞。主な著書に『飼育』（芥川賞）『個人的な体験』（新潮社文学賞）『万延元年のフットボール』（谷崎潤一郎賞）など。2023年死去。

江藤 淳（えとう・じゅん）

文芸評論家。1932年東京生まれ。慶應義塾大学文学部英文科卒業。在学中に55年、「夏目漱石論」を発表し批評家デビュー。主な著書に『夏目漱石』『漱石とその時代』（菊池寛賞、野間文芸賞）『小林秀雄』（新潮社文学賞）『一族再会』『成熟と喪失』など。1999年死去。

大江健三郎 江藤淳 全対話

二〇二四年二月二五日 初版発行

著者 大江健三郎
江藤 淳

発行者 安部順一

発行所 中央公論新社
〒一〇〇-八一五二
東京都千代田区大手町一-七-一
電話 販売 〇三-五二九九-一七三〇
編集 〇三-五二九九-一七四〇
URL https://www.chuko.co.jp/

DTP 市川真樹子
印刷 図書印刷
製本 大口製本印刷


Published by CHUOKORON-SHINSHA, INC.
Printed in Japan ISBN978-4-12-005750-2 C0095

## 中央公論新社の本

小林秀雄　江藤淳　全対話　小林秀雄 江藤淳　中公文庫

吉本隆明　江藤淳　全対話　吉本隆明 江藤淳　中公文庫

戦後と私・神話の克服　江藤淳　中公文庫

石原慎太郎・大江健三郎　江藤淳　中公文庫

小林秀雄の眼　江藤淳　単行本